# 고 래 집

## 고래집
흔들리는 날, 마음을 감싸는 이야기의 삽화 단편집

**초 판 1쇄** 2025년 09월 10일

**지은이** 이원호
**그린이** Bryan Doodle
**펴낸이** 류종렬

**펴낸곳** 미다스북스
**본부장** 임종익
**편집장** 이다경, 김가영
**디자인** 윤가희, 임인영
**책임진행** 김요섭, 이예나, 안채원, 김은진

**등록** 2001년 3월 21일 제2001-000040호
**주소** 서울시 마포구 양화로 133 서교타워 711호
**전화** 02) 322-7802~3
**팩스** 02) 6007-1845
**블로그** http://blog.naver.com/midasbooks
**전자주소** midasbooks@hanmail.net
**페이스북** https://www.facebook.com/midasbooks425
**인스타그램** https://www.instagram.com/midasbooks

ⓒ 이원호, Bryan Doodle, 미다스북스 2025, *Printed in Korea*.

ISBN 979-11-7355-487-2 03810

값 18,500원

※ 파본은 구입하신 서점에서 교환해드립니다.
※ 이 책에 실린 모든 콘텐츠는 미다스북스가 저작권자와의 계약에 따라 발행한 것이므로 인용하시거나 참고하실 경우 반드시 본사의 허락을 받으셔야 합니다.

**미다스북스**는 다음세대에게 필요한 지혜와 교양을 생각합니다.

흔들리는 날, 마음을 감싸는 이야기의 삽화 단편집

# 고 래 집

글   이 원 호
그림 Bryan Doodle

미다스북스

마법은 다시 상자 안에 담겼고, 우리는 모두 영원을 향해 하는 꿈을 꾸기 시작했다. 나는 빵가루 같은 발자국을 따라서 바다를 헤어 나왔다.

목차

1. 카메라
016

2. 고래집
076

3. 쥐꼬리
132

4. 금강령
154

글쓴이의 말
215

아담은 이 외로운 행복이야말로 자신의 본질이라고 생각했다. 그래서 아담은 황야의 한가운데에서, 철 곡괭이를 휘둘러 땅을 두드리기 시작했다.

아직 채 사람의 발걸음이 닿지 못한 그곳 신비한 공터에는 너른 바위와 세월을 넘나들며 자라나는 신령스러운 소나무들이 마치 광장을 둘러싸듯 자리를 잡은 곳이었다.

카메라

내가 아주 어렸을 적부터 할아버지께서는 이상한 이야기들을 많이 들려주셨다. 해안가 끝자락 동굴에는 요술을 부리는 도깨비가 산다는 것부터 시작해서 풍차 집 바닥 아래 숨겨진 곡물창고에 빠지면 다른 세계로 끌려가서 영영 돌아오지 못한다는 것까지 영 믿을 수 없는 이야기투성이었다. 그래서 나는 어느 날 할아버지께서 뒷산 너머의 붉은 조약돌 해변에 대한 이야기를 해주셨을 때도 전혀 믿지 않았다.

"그 해변가에는 마법에 걸린 물건들이 자주 쓸려 내려온단다."
"할아버지, 마법 걸린 물건이 세상에 어딨어요. 전 시간 날 때마다 해변가를 온통 쏘다니는데 그런 거 본 적이 없단 말예요."

"이놈아, 귀찮다고 맨날 마을 코앞에 있는 삼선녀 해변 쪽으로만 가지 않느냐."

"그쪽도 할아버지가 작년에 선녀들이 달빛 아래서 춤추는 걸 보면 선녀 옷을 구할 수 있다고 해서 가는 것뿐인걸요. 날개옷 주울 수 있다면서요, 할아버지가!"

"밤에 가야 줍는데 네 녀석이 밤에 나가는 걸 무서워하니까 그렇지. 하여튼 고놈 참. 어쨌든 앞으로 좋은 거 줍고 싶으면 시간 낭비하지 말고 붉은 해변으로 가 보거라. 나도 네 녀석만큼 어렸을 때 거기서 장기 말들이 살아 움직이는 마법 장기판을 그곳에서 주웠었단다."

"그 마법 장기판은 어디로 갔는데요?"

"당연히 팔아서 그 돈으로 대학 갔지 이놈아! 나뿐만이 아니다. 뒷집 장 씨네 코흘리개는 건드리기만 하면 황금을 토해내는 거위 조각상을 주웠단다. 그래서 지금은 시내에 삐까뻔쩍한 건물 지어 놓고 사장님 행세를 하고 다니지 않더냐."

"장 씨 아저씨요? 그 아저씨는 정신머리가 반쯤 나가버리신 분이잖아요. 황금 거위가 있는데 왜 그러고 산단 말예요."

"그야 나도 모르지. 큰돈에는 큰 책임이 따르는 모양이라고 생각하거라."

"그거 영화에서 나온 대사 아니에요?"

내 드센 트집과 저항에도 불구하고 할아버지께서는 기어코 붉은 해변에 대한 마법 같은 이야기를 내 안에 심어 놓는 데에 성공하셨다. 마법사의 화물선이 어디쯤 침몰했다는 둥, 그래서 파도가 거센 날이면 그 안에 실린 비밀스럽고 신비스러운 물건들이 하나씩 밖으로 새어 나오는 거라는 둥 놀라운 이야기를 풀어내셨다. 할아버지의 입담에 열두 살의 어린 나는 매혹될 수밖에 없었다. 그래서 폭풍이 몰아친 다음 날, 화창한 아침 햇살을 따라 나는 북쪽 붉은 조약돌의 해변으로 발걸음을 향하고 말았다.

•

붉은 해변으로 가는 길가에는 가을 계절의 메뚜기들이

가득했다. 손가락만 한 길이의 메뚜기들은 마치 햇살을 자양분 삼아 자라는 건지 들풀과도 같은 속도로 번식하고 커졌다. 손가락보다도 길고 발가락보다도 오동통한 이 외계인 같은 생명체들은 가을만 되면 온 마을과 근처 양지바른 벌판을 점령하다시피 뒤덮었다. 하는 짓이라곤 사람을 보면 놀라서 펄쩍 뛰는 것과 낯부끄러워하는 기색도 없이 대낮부터 교미를 나누는 것뿐임에도 이 짐승들은 공분과 혐오의 대상이었다.

  대부분의 마을 주민은 메뚜기들을 싫어했다. 곡물을 기르거나 저장하는 마을이 아닌지라 사실 그렇게까지 싫어할 이유는 없음에도, 그 누구도 사람 손바닥보다 더 커지는 이 흉측한 벌레들을 마냥 사랑할 수는 없었던 셈이다. 생김새가 징그럽다며 피하는 아낙네들도 많았고, 보이기만 하면 밟아 죽이거나 빗자루로 쳐내는 아저씨들도 있었다. 뒷다리를 떼어내서 데리고 노는 동네 꼬마들 등 메뚜기와 동네 주민들 간의 관계는 전반적인 혐오와 잔인함으로 맺어진 것이었다. 우리는 서로 너무나 다르게 생겼기 때문에,

어쩌면 그렇게 미워하도록 정해진 숙명을 지닌 것은 아닐까 하는 생각이 들 정도였다. 하지만 할아버지께서는 되도록 증오와 폭력 이외의 것으로 메뚜기들과 관계를 맺으려고 애쓰셨다. 어느 날 무심결에 부뚜막 앞에 앉은 메뚜기를 밟아 죽이려고 했을 때, 할아버지께서는 엄한 눈초리로 나를 꾸짖으셨다.

"그러지 말거라."
"왜 말아요? 김 이장님께서는 얘네 보이면 다 밟아 죽이라고 하셨는데."
"피해를 끼친 것도 아닌데 함부로 죽이면 안 된다. 살아 있는 건 살아 있어서 예쁜 거야."
"할아버지 눈에는 메뚜기가 예뻐 보여요?"
"그럼! 이놈아! 한번 자세히 들여다보거라. 저 똘망똘망한 눈망울이며 저 강인한 뒷다리까지 얼마나 귀엽고 아름답냐. 살아 있으니까 저토록 아름다운 것이고, 네놈이 밟으면 그 아름다움이 모조리 즙이 될 뿐인 것이다."

나는 처음에는 할아버지께서 농담하시는 것이라고 생각했다. 할아버지는 고기, 그중에서도 소고기를 상당히 좋아하셨고, 영화에 나오는 박쥐인간 같은 불살주의를 신념으로 가지고 계시지도, 도시의 가냘픈 여성들처럼 채식주의를 실천하시지도 않으셨다. 매일 살아 있는 것의 사체로 양분을 만드는 존재로서 살아 있는 것이 아름답다고 말하는 것은 무언가 말도 안 되는 모순이나 농담인 것만 같았다. 하지만 할아버지는 그 자리에 꼼짝도 하지 않으신 채로 메뚜기가 다시 부뚜막 너머로 날아갈 때까지 그 모습을 지켜보고 계셨다. 그런 할아버지의 모습은 마치 높은 도를 닦은 고승처럼 엄숙해 보였다. 나는 감히 트집을 잡을 생각도 못한 채로 동자승처럼 시립하고 있어야만 했을 뿐이다.

그 뒤로도 나는 할아버지가 마을의 다른 주민들과는 다르게 메뚜기와 비폭력적이고 편안한, 어찌 보면 우정이나 우애와도 비슷한 감정으로 관계를 이어 나가고 계시다는 사실을 관찰할 수 있었다. 비록 할아버지께서도 옷에 메뚜기가 들러붙거나 얼굴 쪽으로 날아들면 화를 내고 손을 내

저으시기는 했지만, 그럼에도 대부분의 경우에는 그저 그들을 지켜보기만 하실 뿐이었다. 어느 날 나는 곰곰이 생각해 보다가 할아버지께 여쭈어보았다.

"할아버지. 궁금한 게 있어요."
"무어냐 이놈아."
"할아버지는 소고기도 잘 드시고 물고기도 잘 드시는데 메뚜기는 왜 죽이지 말라고 하신 거예요? 송아지도 살아 있어서 귀엽고 넙치나 꽁치, 아니다 걔네는 별로 안 귀여운 거 같은데… 어쨌든 송아지처럼 귀여운 것들이 많은데 그것들을 잡아먹기도 하셨고, 뒤뜰 상추들도 귀엽고 똘망똘망하게 살아 있었는데 물 주는 거 깜빡해서 양피지처럼 바싹 말려 죽여버리기도 하셨고, 그런데 왜 메뚜기만 죽이면 안 돼요?"

할아버지는 머쓱하게 웃으시면서 대답해 주셨다.

"이놈아. 상추를 죽인 건 실수고, 소를 먹는 것은 살기 위함인데 어찌 이유 없이 메뚜기를 죽이는 것과 비교가 되겠느냐. 메뚜기를 키우기를 하겠느냐 먹기를 하겠느냐? 죽임에는 언제나 이유가 있어야 한단다. 아무 이유 없이 미운 것들은 미움이 이해될 때까지 어울려 살아야지."

 할아버지의 말씀에 나는 조금 더 알쏭달쏭한 기분을 느낄 수밖에 없었다.

 "그러면 지난겨울에 모기와 깔따구들을 불살라 버리셨던 것은 이유가 있으셨던 것인가요?"
 "모기는 귀찮게 하지 않느냐. 앵앵거리면서 날아다니는 기생충들은 사회악이다. 마땅히 없어져야 하는 해충들이지."
 "할아버지 그건 좀 섬뜩한데요… 기생충이나 사회악은 박멸해도 괜찮다니…."

 내가 아연실색한 표정이 되자 할아버지는 사뭇 진지한 표정으로 말씀하셨다.

"고놈 참. 농담에 그렇게 진지하게 받아들이면 내가 무안하지 않으냐… 이제부터가 중요한 얘기이니 잘 들어 보거라. 살아 있는 모든 것은 서로 관계를 맺고 살아간단다. 모기는 피를 빨고, 우리는 소를 먹고, 상어는 가오리를 씹으며 가오리는 물고기를, 물고기는 벌레를, 벌레는 먼지를 먹지. 그 관계들은 서로 먹고 먹히는 폭력으로 이루어져 있단다. 그리고 그건 어쩔 수 없는 것이고. 사는 것은 먹는 것이고 먹는 것은 폭력적인 관계이니 우리가 먹지 말라고, 살지 말라고 할 수는 없지 않느냐."

할아버지께서는 잠시 말을 끊으시고 멀리서 철썩이는 바다를 바라보셨다. 나는 할아버지의 말씀을 다 이해할 수는 없었지만 바다를 보니 무언가 조금 이해가 가는 것도 같았다. 할아버지께서는 다시 천천히 말씀을 이으셨다.

"하지만 모든 생명체가 서로 먹고 먹히는 업보의 굴레로 얽힌 것은 아니란다. 때때로 어떤 생명체들과는 업의 굴레로 얽히지 않고서도 공존할 수 있지. 그리고 그 관계 속의 생명체들과는 서로 괴롭히지 않도록 노력하며 살아가는 것이 어떨까 싶구나."

할아버지께서는 하루의 마지막 햇살을 받는 세상을 바라보시며 말을 이으셨다.

"먹이와 업보의 사슬로 얽히지 않은 모든 것들은 평화롭게 공존할 수 있어야 한다는 것이 내 생각이란다. 바다나, 석양이나, 꽃이나, 산과 들을 우리가 그저 평화롭게 바라볼 수 있는 것은 그것이 살아 있는 동시에 우리와 먹이의 사슬로 매여 있지 않기 때문이지. 메뚜기도 마찬가지란다. 일부 지방에서야 메뚜기가 벼를 먹고 사람이 메뚜기를 먹으니 문제가 되겠지만 우린 서로 먹이로 얽혀 있지 않지 않느냐. 서로 바라보며 평화로워도 좋으면 참 좋을 듯 싶더구나."

할아버지는 그때 생명을 앗아가는 데 있어서는 이유가 있어야 한다고, 살아가기 위해서 이유가 필요한 만큼, 삶을 앗기 위해서도 이유가 필요하다고 하셨다. 나는 그 말의 의미를 다 이해할 수는 없었지만, 되도록 많은 생명체들과 평화로운 관계를 맺고 싶다는 할아버지의 말씀은 깊게 새겼다. 친구가 중요하던 어릴 적의 시기였다. 나뭇가지와 들새들과도 친구가 될 수만 있다면 되고 싶은 어린 나날들이었고, 더 많은 친구를 만들기 위해서라면 무엇이라도 할 수 있었던 섬의 일이었다. 그 이후로 나는 먹지 않을 것이면 죽이지 말라는 할아버지의 말씀을 실천하며 살아가기로 마음먹었다.

•

  그것이 벌써 3년 전의 일이었다. 그 뒤로 나는 살아 있는 모든 것과 선의의 관계를 맺으려고 애썼고 내 나름의 방식대로 성공했다. 그래서 나는 폭풍이 익어 아침으로 빚어진 그날에 메뚜기 들판을 걸으며 불쾌감이나 살의를 느끼지는 않았다. 물론 가끔 짜증이 나거나 문득 눈을 돌리고 싶은 기분이 들기는 했지만, 그것은 누구라도 친구들이 들판에서 짝짓기하고 날아다닌다면 들법한 감정이었을 것이다.

붉은 해변가는 조용했다. 아직 시간이 이르기도 했지만 이쪽 해변은 본디 사람들이 나올 일이 거의 없는 거친 해변이었다.

마을에서 가까운 선녀 해변이나 목기미 해변은 물이 맑고 파도가 잔잔하여 산책을 하기 좋은 곳이었고, 각종 물고기나 조개를 주우러 주민들도 자주 방문했다. 하지만 붉은 해변은 앞바다에서 해류가 부딪히는지 파도도 거센 데다가 표류물이 많아서 드세고 황량한 느낌이 드는 곳이라 사람들이 찾을 이유가 없었다. 마을에서 가까운 두 해변은 수줍고 해맑은 아가씨 같았다면 붉은 해변은 나이가 많은 노파 같은 바다였던 셈이다. 하지만 마을에서도 깊이 있고 신묘한 이야기를 들려주는 사람들은 젊은 아가씨들이 아니라 나이 많은 할머니들이었다. 아가씨들과 어울려 잡담과 시내에 대한 동경으로 하루를 보낼 것이 아니라면, 차라리 붉은 해변에서 비밀과 마법을 찾아 나서는 것이 더 즐거운 일이 될 수 있었던 셈이다. 그래서 나는 할머니 앞에 앉아서 전래동화를 듣는 심정으로 붉은 해변가를 탐색하기 시작했다.

모래사장이 넓게 펼쳐진 다른 해변가와는 달리 붉은 해변은 양 끝이 해안 절벽으로 막혀 있었다. 절벽에서 떨어져 나온 기암괴석들을 밟다 보면 발이 아픈 것은 물론이고 외로움과 두려움마저도 찾아들곤 했다. 나는 그 감정들을 잔류물이라고 여기며 그 사이에서 설렘을 찾으려고 애썼다. 하지만 그 잔류물은 바다가 퍼 나르는 것이라 퍼내도 퍼내도 끊임없이 쌓여만 가고 있었다. 다른 해변들보다 좁다고는 해도 붉은 해변은 열두 살 꼬마가 혼자 뒤지기엔 끔찍하게 넓은 곳이었다. 더군다나 어제의 폭풍은 기념비적이라고 할 만한 것이었다. 산이 울리고 바다가 포효하는 괴수들의 다툼 속에서 그간 듣도 보도 못한 물건들이 허연 배를 드러내고 해변에 가득히 밀려 나와 있었다. 산더미 같은 잡동사니들이 빚은 미로 속에는 물론 바닷속에서 끌려 나온 쓸 만한 보물 하나쯤은 잠자고 있을 테지만 그것을 찾아내는 것은 영 쉬운 일은 아니었다.

 나는 죽은 물개 사체 앞에서 묵념하고 상어의 이빨을 주워들었다. 오래된 잠수부 헬멧은 주워서 시내 골동품 상점에 팔면 그래도 돈이 좀 될 것 같기도 했지만 들고 마을로 돌아가기엔 너무 무거웠다. 바다 밑바닥을 구르며 만질만질해진 유리 조각들은 돈이 될 것 같지는 않았지만 보석처럼 영롱하게 빛났고, 거대한 소라와 고둥 껍질들은 웅웅 대는 소리를 내며 그들의 역사와 이야기를 들려주었다. 그 작은 해변가에는 이미 마법이 밀물처럼 밀려 들어와 있었다. 잠수함의 일부였을 작은 금속 조각들과 세월에 마모된 철 깡통들을 걷어차면 그 밑에서 손톱만 한 작은 소라게들이 꼼지락거리며 아침을 맞았다. 소라게들은 먹을 것을 찾아 각자의 보물 더미 속으로 모험을 떠났고, 나는 그들을 보며 내 삶과 그들의 삶을 비교하여 반추했다. 나의 아침과 그들의 아침은 다를 바가 없었다. 소라게들이 그들만의 보물을 찾듯, 나 역시 나만의 보물을 찾아 한없는 쓰레기의 산을 헤매었다. 그곳은 매 순간 이야기가 바뀌는 장터였으며 잊힌 모든 것들의 역사가 되살아나는 박물관이었다. 나는 매 순간 이야기로 뛰어들 듯이 해변가의 고물 사이로 잠수해 들어갔다.

◆

 내가 찾던 것을 마침내 찾아낸 것은 주먹만 한 소라 두 개의 빛깔을 비교하다가 내려놓았을 무렵이었다. 비록 내가 무엇을 찾고 있었는지 나 자신도 확실히 몰랐지만, 그럼에도 불구하고 나는 그것을 만났을 때 이것이야말로 그것임을 확신할 수 있었다.

 그것은 삐쭉빼쭉한 바위 밑동에 걸려서 옴짝달싹도 못하고 있었다. 파도가 간지럽힐 때마다 발이라도 달린 것처럼 덜썩이기는 했지만, 워낙 무거운지라 어디 도망가지는 못하는 듯했다. 아주 멀리서 보아도 그것은 이 해변에 쌓인 다른 물건들과는 태생적으로 달라 보였고, 나는 한달음에 달려가 나의 마법을 마주했다.

 그것은 고풍스럽고 정교한 원목 상자였다. 화려하지만 과하지 않은 금속 상감 무늬가 표면을 수놓았고, 조가비와 새끼 굴들이 표면에 다닥다닥 붙어 있기는 했지만 꽉 물린 상자의 입은 내부의 물건이 무사할 것을 보증했다. 대합처럼 꽉 물린 상자의 입은 자신의 꼬리를 물고 있는 뱀 모양의 자물쇠로 단단히 잠겨 있었는데, 이 자물쇠는 금속공예에 관해서라면 아무것도 모르는 내가 보기에도 범상치 않은 물건이었다. 바다를 머금으며 풍파를 겪은 상자의 다른 부분들과는 다르게 자물쇠는 녹이나 따개비의 흔적 하나 없이 은은한 우윳빛으로 빛났다. 나는 상자를 꼼꼼히 살펴본 뒤에 이 우윳빛 금속이 덩굴 모양의 얇은 상감 무늬로 상자 전체를 감싸고 있으며, 그 덕분에 상자가 바닷속에서도 형태를 유지한 채 그대로일 수 있었다고 결론을 내릴 수 있었다. 이것은 마법으로 보호되고 있고, 마법을 감추고 있는 상자였던 셈이다. 그동안 마을에 비싼 귀금속을 해변가에서 주운 사람들의 이야기가 전해지지 않았던 것은 아니다. 나 역시 옆집 순이나 뒷집 장 씨네 큰딸이 금이나 은을 주운 것을 본 적이 있었다. 하지만 내 기대와는 다르게 바다 밑바닥에서 뒹굴다 해변으로 밀려 나온 귀금속들은 얼룩덜룩하고 누리끼리한 색깔이었다. 제아무리 영롱한 순은이나 불변한다는 순금마저도 바닷속에서 별빛이나 햇살 같은 광채를 유지할 수는 없었고, 나는 해변가에서 발견되는 것들은 아무리 귀한 것일지라도 빛이 바래고 누리끼리해진다는 사실을 고이 마음에 새겼었다. 하지만 지금 내 눈앞에서 빛나는 우윳빛 금속은 상자 자체가 따개비와 굴이 다닥다닥 붙어 있을 정도로 물속에 오래 잠겨 있었음에도 불구하고 색이나 광채가 조금도 변하지 않았었다. 그 순간 나는 이것이 마법에 걸린 은일 것이라고 확신했다. 그렇지 않고서는 이런 놀라운 일이 가능할 리가 없었다. 상자가 이 정도로 멋지다면 안에 들어 있는 것은 무엇이 되었든지 더 대단할 것은 분명했다. 태풍을 잠재우는 피리나 투명해지게 해주는 요술 망토의 꿈을 꾸며 나는 설렘의 손길로 상자에 닿았다. 바위 아래서 상자를 꺼내는 것은 그렇게 어렵지는 않은 일이었다. 어젯밤에 쓸려온 것이 분명했는지 상자는 모래에 깊게 묻혀 있지도 않았고 아주 무겁게 느껴지지도 않았다. 하지만 그에 비해 상자를 여는 것은 꽤나 까다로운 일이 되었다. 자물쇠에 맞는 열쇠를 찾는 것은 누가 봐도 불가능한 일이었고, 애당초 자물쇠는 희한하게도 열쇠 구멍조차 없는 것 같았다. 아마 짝이 맞는 열쇠가 가까이 있으면 뱀 사이로 열쇠 구멍이 보여지는 구조인 것 같았는데, 지금 같은 상황에서는 도통 도움이 안 되는 구조일 뿐이었다. 나는 작은 은빛 열쇠가 망망대해 그 어디쯤 가라앉아 있을지를 상상하다가 해일 같은 절망을 잠시 맛보아야만 했다. 하지만 열쇠로 여는 방법을 제외한다면 상자를 열 방법은 영 전혀 없어 보였다. 힘으로 자물쇠를 따거나 원시인처럼 돌도끼를 휘둘러 이 아름다운 상자를 깨 먹는 것은 영 내키지 않는 일이었고, 그렇다고 초록색 괴물처럼 손으로 뜯어내거나 전설적인 도둑들처럼 옷핀으로 여는 것 역시 내 능력 밖의 일이었다. 해법을 찾아서 해변을 이리저리 두리번거리던 나는 아까 뒤적거리던 고물들 사이에서 오래된 광선검이 있었던 것을 기억해 내고야 말았다. 수명이 다한 광선검 따위야 일 년에 서너 개는 주워 올 수 있을 만큼 흔한 것이기는 했지만 이 순간만큼은 천금처럼 소중한 도구가 되어줄 것이 분명했다.

  나는 상자를 끌어안고 한달음에 잠수함 조각들 사이로 잠수해 들어갔다. 아까 대충 지나치다가 집어 던진 광선검만 해도 두세 개였는데, 막상 찾으려고 하니 어디로 숨어버렸는지 단 한 개도 보이질 않았다. 나는 인내심을 시험한다고 생각하며 돌멩이 하나하나, 플라스틱 쓰레기 하나하나를 모두 들춰보았고, 결국 해가 중천에 뜰 때쯤 되어서야 오래된 페인트 통 안에서 녹슬고 있던 낡은 광선검 한 자루를 찾을 수 있었다.

"켜질까? 켜지겠지? 켜져라! 켜져라!"

낡은 광선검은 지지직거리는 소리를 내며 시동이 걸리더니, 완전히 켜지지는 않고 1초 정도 깜빡거리다가 꺼져버렸다. 마치 오래된 트랙터에 시동이 걸리는 것과 흡사한 모습이었지만 내겐 그 정도면 충분했다.

"좋았어!"

탄성을 내지르며 나는 조심스러운 각도로 광선검 손잡이를 자물쇠에 가져다 대었다. 혹시라도 광선검의 검신이 상자를 꿰뚫어 내용물에 손상을 주면 안 되기 때문에 아주 신중하게 결정한 각도였다. 상자도, 내용물도, 내 발가락도 혹시나 다칠 일이 없는지 두 번 세 번 점검한 뒤에 나는 마침내 광선검의 시동 단추를 눌렀다. 곧 먼지 쌓인 구형 컴퓨터 돌아가는 소리가 나며 광선검이 부우우웅하며 켜졌다. 그리고 그 순간에 놀라운 일이 일어났다. 광선검에서 뻗어 나온 초록빛 광선은 은색 뱀에 사정없이 부딪혔다. 하지만 내 의도대로 자물쇠를 꿰뚫는 대신 그것은 잠시 머뭇거리는 것만 같았다. 마치 과열이라도 되듯 뱀이 달아오르는 순간, 뱀은 녹색의 빛을 감아가며 입을 열기 시작했다. 나는 뱀이 움직이는 모습에 놀라서 하마터면 간신히 켠 광선검을 떨어트릴 뻔했다. 마치 살아 있기라도 한 것처럼 뱀은 크게 몸을 꿈틀대며 빛을 휘감았다. 초록색으로 일렁이며 움직이는 뱀은 마치 이 세계의 생명체가 아닌 것만 같았다. 한순간 세상 모든 것이 밝은 빛으로 물들었고, 곧 광선검은 지지직하는 소리를 내며 수명을 다해버리고 말았다. 나는 고장 나버린 광선검을 집어 던지고 상자를 들여다보았다. 놀랍게도 자물쇠는 잘린 것이 아니라 뜨겁게 달아오른 상태였다. 몹시 뜨거워 보였기 때문에 손을 대지는 않았지만 나는 경악을 금치 못했다. 광선검의 검신을 흡수하는 재질이라니! 이 상자는 생각 이상으로 대단한 것이 분명했다. 뱀의 비늘 사이로 아른거리는 초록빛 열기는 대단히 신비해 보였다. 바닷바람을 충분히 맞은 뱀이 원래의 은빛으로 돌아왔을 때에서야 나는 상자에 손을 대볼 수 있었고, 놀랍게도 자물쇠는 전혀 고장 나지는 않았지만 열렸다는 사실을 알 수 있었다.

상자 안은 붉은 원단과 검은 목재로 고급스러운 마감이 되어 있었고, 그 안에는 처음 보는 네모난 기계가 정성스럽게 담겨 있었다. 작고 투명한 눈알과 조심스럽게 각진 몸체를 가지고 있는 아름다운 기계였다. 나는 이리저리 둘러보았지만 이 기계가 정확히 무엇인지는 알 수가 없었고, 그래서 한달음에 내달려 내 모든 의문의 정답을 가지고 있는 현자에게로 돌아가기 시작했다.

"할아버지! 할아버지!"

할아버지는 늘 앉아서 책을 읽으시던 평상에서 일어나셔서 꾸짖음과 언짢음으로 나를 맞이해 주셨다.

"아침부터 이게 무슨 소란이더냐!"
"이거 좀 보세요 할아버지. 말씀하신 게 맞았어요! 폭풍에 뭐가 쓸려 나왔는지 한번 보세요! 이게 뭔지는 모르겠지만 좋은 것인 건 확실해 보여요!"

할아버지께서는 안경을 올려 쓰시고 상자 안의 물건을 주의 깊게 들여다보셨다. 내 손길에는 조용하던 작은 네모난 기계는 할아버지께서 몇 가지 버튼을 누르자 열리고, 닫히고, 늘어나고, 줄어들었다. 할아버지는 이 물건이 무엇인지 확실히 아시는 것 같았고, 나는 초조함을 참지 못하고 할아버지를 닦달하고 말았다.

"제 말 맞죠? 마법 물건인 거지요? 근데 뭐 하는 물건이래요?"

할아버지께서는 상자를 내게 돌려주시며 말했다.

"이건 카메라다 이놈아. 그것도 아주 비싸고 귀한 카메라인데 잘도 주워 왔구나."

"카메라요? 그게 뭐래요 대체?"

"카메라는… 음… 사진을 찍는 기계란다. 너 옆 동네 조씨 아저씨가 그림 그리는 거 봤지? 사람 세워놓고 종이에다가 똑같은 그림을 그리지 않느냐. 카메라는 그런 그림을 여기 버튼만 누르면 순식간에 그려준단다. 사진을 찍는다고도 하지."

"오! 그럼 순식간에 그림을 그려주는 마법 기계인 거군요!"

"그래 이놈아. 정말 좋은 카메라들은 거장의 손에 들리면 사물의 영혼이나 눈에는 보이지 않는 감정이나 운명마저도 찍어낸다고들 하더구나."

"와. 영혼까지 찍어내면 마법 맞네요! 그럼 찍힌 영혼은 제 소유가 되는 건가요?"

나는 농담으로 한 말이었지만 할아버지께서는 흥미롭다

는 미소를 지으시며 말씀해 주셨다.

"어찌 보면 그렇다고도 할 수 있겠구나. 보고 담은 것을 소유한다니 이 카메라와는 아주 잘 어울리는 말이다."

"그게 무슨 뜻이에요 할아버지?"

"이건 카메라 중에서도 가장 희귀하고 비싸다는 '오스카 바르넉의 마지막 작품'이라는 카메라란다. 흔히들 '꿈의 카메라'라고도 부르지. 세상에 몇 대 남아 있지 않다고 하던데 네놈이 큰 횡재를 한 셈이란다."

"어? 정말요? 횡재란 말이죠? 비싼 거란 말씀 맞지요? 얼마나 비싼 건데요?"

"글쎄다. 엔간한 집 몇 채나 비행선보다는 비쌀 거라는 말 밖에는 나도 할 말이 없구나."

그 말에 나는 입을 크게 벌리고 경악하고 말았다.

"아니 세상에 고깟 그림 그리는 기계가 뭐라고 그렇게 비싸대요?"

할아버지는 내 경악에 사뭇 진지한 표정으로 대답을 들려주셨다. 이럴 때면 할아버지는 반지의 수호자나 흰색의 대마법사처럼 신비로워지는 경향이 있었다. 할아버지의 진지한 표정에 나는 잠자코 이야기를 들었다.

"오스카 바르넉의 마지막 작품은 단순히 그림을 찍어내는 기계가 아니란다. 너는 혹시 꿈을 찍는 기계에 대한 전설을 들어 본 적이 없느냐? 오스카 바르넉 카메라는 꿈을 찍고 소유하게 해주는 마법의 기계로 명성이 자자했단다. 카메라를 손에 쥔 사람이 꾸는 꿈과 추구하는 욕망을 화폭 위에 담아 소유할 수 있게 해주는 놀라운 기계인 것이지. 부유선을 찍으면 부유선을 갖게 되고 황금 나침반을 찍으면 순금으로 이루어진 무거운 나침반이 기어코 주머니에 들어오는 놀라운 마법이 걸려 있단다."

나는 그 위대한 마법의 이야기를 들으며 되려 겁에 질리고 말았다.

"아니 세상에 그렇게 무서운 물건이 있단 말씀이에요? 그럼 그걸로 사람을 찍으면 대체 어떻게 되는데요?"

영혼 없는 꼭두각시나 반송장이 나를 죽을 때까지 따라다니는 상상을 하며 공포에 질린 나는 저 희귀한 마법의 기계를 어떻게 불태워야 할지 고민하기 시작하고 말았다. 할아버지께서는 곰곰이 생각을 해 보시다가 말씀하셨다.

"글쎄다. 사람을 찍으면 어떻게 되는지는 나도 잘 모르겠구나. 워낙에 희귀한 기계이기도 하고, 가졌던 사람들은 꽁꽁 감춰 놓기만 하는지라 알려진 바가 많이 없거든. 이 녀석도 보아하니 바다에 꽤 오래 가라앉아 있었던 모양인데, 이젠 아마 아는 사람이 아무도 없을 게다."
"아이구우 할아버지 그럼 이 무시무시한 물건을 대체 어찌해야 하는 걸까요? 제가 자다가 툭 쳐서 사진이라도 찍히면 영혼이 사라져 버리는 거 아니에요?"

겁에 질린 내 투정에 할아버지께서는 쿡쿡 웃으시며 화

답하셨다.

"뭐 그야 한번 실험해 보면 될 일이지 않느냐! 자, 어디 보자, 옳지. 저 메뚜기를 한 번 찍어 볼까나!"
"안돼요! 할아버지! 제발요! 메뚜기 귀신 붙는단 말예요!"

할아버지께서는 내 비명을 가볍게 무시하고 놀랍도록 민첩한 동작으로 '찰칵' 소리와 함께 눈앞의 메뚜기를 찍어버리셨다. 나로선 만류할 새도 없었거니와, 사실 무얼 어떻게 만류해야 사진이 찍히지 않는지도 알 수가 없어서(그리고 행여나 내 영혼이 사진에 갇힐까 봐 몸이 굳어서) 그대로 지켜보는 것 말고는 방도가 없었다. 지극히 평범한 태도로 햇살을 즐기던 그 메뚜기는 졸지에 봉변을 당한 셈이다. 나는 졸지에 할아버지의 소유가 된 이 마법 메뚜기에게 경어체를 써야 할지 반말을 써야 할지 고민에 빠져버리고 말았다. 내가 어찌할 바를 모르는 채로 망연자실한 표정을 짓고 있자 할아버지께서는 장난기 가득한 웃음을 터트리셨다.

"이놈아! 메뚜기 귀신이 어디 있더냐! 깜짝 놀랐지? 너무 겁먹지 말거라. 이 카메라는 처음 만들어질 때 넣어진 24장의 필름이 아니면 그 마법이 사라진다고 알려져 있단다. 딱 스물네 번만 마법을 쓸 수 있는 셈이지. 여기를 보거라. 화살표가 0을 가리키고 있지?"

나는 할아버지의 손가락을 따라 께름칙한 표정으로 사진기의 상단을 쳐다보았고, 화살표가 0과 1 사이의 0.3쯤을 가리키고 있는 것을 확인하였다.

"이 숫자가 아마 필름을 카운팅 해주는 것일 게다. 0이니까 필름이 다 떨어졌다는 소리일 테지. 마법이 다 떨어진지는 오래된 것 같구나. 아마 바다에 가라앉기 한참 전부터 마법이 다 떨어졌을 가능성이 높을 테지. 뭐 그래도 시내에 가지고 나가면 진귀한 골동품 취급하는 사람들에게는 높은 값을 받기야 할 테지만, 사진을 찍어서 갖고 싶은 걸 갖지는 못할 게야. 옆집 순이 못 찍어서 아쉽지?"

나는 자긍심을 지키기 위해서라도 비명을 내지를 수밖에 없었다.

"할아버지! 순이라니요! 그 무슨 끔찍한 소리를 하세요! 제가 왜 순이를 그 귀한 카메라로 찍고 싶겠어요!"

"아니면 아닌 거지 뭘 또 그리 성을 내고 그러느냐? 안 그래도 내일쯤 시내에 나갈 생각이었으니 나간 김에 골동품 서 씨에게 팔아 치우자꾸나. 내년에 너 학비 낼 생각에 골치 아팠는데 그래도 지 복은 지가 주워 오니 참으로 다행인 일이라 할 수 있겠구나."

내게도 비싸고 고풍스러운 장난감보다는 학교에 가는 것이 더 마법에 가까운 일이었기에 시내를 나가는 것은 꽤 기대에 찬 일이 되고 말았다. 바닷가에서 주운 횡재 덕분에 우리 조손은 오후 내내 희희낙락 즐거운 시간을 보냈다. 하지만 할아버지도 나도 그 뒤에 어떤 엄청난 일들이 일어날지는 상상조차 하지 못했을 뿐이다.

•

　저녁을 다 먹고 식탁을 정리할 무렵, 바깥에서는 심상치 않은 소리가 들려오고 있었다. 마치 바다가 배탈이라도 난 것처럼 낮게 꾸르릉거리고 산맥이 낮게 속삭이는 것 같은 그 소리에 할아버지께서는 창문을 살짝 열고 바람의 방향을 살피셨다. 작은 창문 틈새 사이로 새어오는 바람 소리는 상고시대 거인들의 발자국 소리이자 나무 정령들의 비명처럼 들렸다. 할아버지께서는 나직하게 말씀하셨다.

　"오늘 밤은 긴 밤이 될 것 같구나."

　그리고 할아버지의 예언은 어둠이 채 굳어져 밤으로 익기도 전에 무시무시한 형태로 실현되었다.

　괴수들은 산등성이를 판자 삼아 널을 뛰었다. 어제의 전설적인 괴물들보다 더 위대해져야만 하는 숙명이라도 있다는 듯이, 그것들은 그 어느 때보다도 사납고 거칠게 성큼 성큼 세상을 헤집어 놓았다. 바다는 집채만 한 파도로 비명을 질러대고 있었다. 어찌나 큰 비명인지 창틀을 넘어 서까래와 대들보까지 진동을 해댈 지경이었다. 고래나 상어까지 뭍으로 튕겨져 나올 듯한 거센 용오름이 산맥의 뿌리까지 드러낼 폭우와 어울려 함께 춤을 추었다. 울부짖음과 할큄이 가득한 그 밤에 내가 할 수 있는 것이라곤 내년의 학비가 되어줄 고귀한 골동품 상자를 품에 꼭 끌어안는 것뿐이었다. 뇌신의 한숨이 박살 난 하늘을 수놓았다. 한 번, 두 번, 세 번의 숨결이 연달아 내리쳤다. 창가에 걸어놓은 꿈 그물은 뇌성의 숨결 속에서 악령의 그림자가 되어 천장을 어지럽게 수놓았다. 나는 두 손을 들어 귀를 막았다. 섬멸의 빛 뒤에는 세상의 뼈가 부러지는 소리가 날 것을 알고 있었다. 두 손을 들어 귀를 막았기에 나는 품속에서 상자가 떨어지는 것을 막을 수 없었다. 하늘이 굉음으로 찢어지는 그 순간, 상자는 바닥으로 떨어져 맥없이 열렸다. 카메라가 입 벌린 상자 속에서 튀어나오는 순간, 구름 속에서 튀어나온 빛의 나무가 바다를 향해 거꾸로 내리꽂혔다. 나는 눈이 멀 것 같은 밝은 빛 속에서 카메라가 떨어지기 시작하는 것을 천천히 보았다. 느리게, 더 느리게 떨어지던 카메라는 바닥에 부딪혀, 튀겨서, 살짝 튀어 올라, 다시 떨어지며, 바닥에 내려앉아 멈추었다. 그리고 그 순간 멈춰 있던 심장박동처럼 카메라의 시곗바늘이 한 박자 움직였다.

"딸깍."

움직인 시곗바늘은 0에서, 조금 옆으로, 무한대에 가깝게 이동하여, 1로 바뀌었다. 멈춰 있는 시간 속에서 아무것도 남아 있지 않던 카메라는 한 번의 마법을 잉태했다. 내가 할 수 있는 것이라곤 두 귀를 막고 그것을 지켜보는 것뿐이었다. 나는 바닥에 엉금엉금 기어가 카메라를 보았다. 카메라의 남은 장수는 이제 또렷하게 필름이 1장 남았다는 표시를 가리키고 있었다. 그리고 그 무서운 사실은 나를 온통 두려움 속에 가두어 놓았다. 바깥을 온통 파괴하는 천둥과 번개와 폭우보다도 무엇이든 가질 수 있을 것을 약속하는 그 숫자 1의 의미였다. 나는 그대로 뜬눈으로 밤을 지새우고 말았다.

◆

아침이 되자 할아버지께서는 방문을 벌컥 여셨다.

"이눔아 일어나거라! 날 개었다! 시내 나가야지!"

비는 그쳤지만 폭풍 뒤의 싸늘함과 빗방울들은 아침의 의미와 함께 내 이마를 강타했다. 나는 모든 것이 혹여라도 꿈일지도 모른다는 희망에 상자부터 쳐다보았다. 그리고 카메라는 여전히 어젯밤과 똑같이 숫자 1을 가리키고 있었다. 나는 울고 싶은 기분이 되어 할아버지를 불렀다.

"할아버지….."
"이눔아 어서 일어나서 준비하래도! 30분 뒤에 차 들어온단 말이다!"

그 말과 함께 할아버지는 부뚜막 너머로 사라져 버리셨다. 두 배로 울고 싶어지는 기분을 느끼며 나는 옷을 주섬

주섬 챙겨 입기 시작했다. 가까스로 속옷과 겉옷을 챙겨 입었을 때 문이 다시 벌컥 열렸다. 할아버지께서 다시 돌아오신 줄 알고 사진기 얘기를 털어놓으려던 나는 고개를 빼꼼 들이민 순이의 얼굴에 당혹을 느껴야만 했다. 순이는 입술을 오물거리며 말했다.

"너 시내 간대며?"
"아이 깜짝이야. 너는 왜 다 큰 여자애가 막 남의 방문을 허락도 없이 열어젖히고 그래. 사생활 보호 좀 해주라."
"할아버지께서 너 시내 간다고 부탁할 거 있으면 하라고 하셨어. 나 뭐 좀 사다 줄 수 있을까?"

순이는 그 뽀얀 얼굴을 방문 너머로 들이밀며 과장된 착한 표정을 지었다. 어릴 때만 해도 나랑 똑같이 주근깨가 가득한 말괄량이였던 옆집 귀염둥이 순이는 요 몇 년 새에 경천동지할 변화를 겪고 있었다. 여드름이나 잡티 하나 없이 맑은 얼굴과 어느새 도담스러워진 순이의 몸 선은 볼 때마다 내 기분을 참 이상하게 만들었다. 나는 지난 몇 년

간 그래 왔듯 애써 혼란스러운 감정을 감추며 순이에게 대답했다.

"얼굴 치워줄래? 예쁘지도 않은 얼굴 어딜 자꾸 들이밀고 그런데. 뭐가 필요한지 말해 봐, 내가 기억나면 사 볼게."

"까무잡잡한 니 얼굴보단 그래도 내 얼굴이 볼만하지 않겠어? 화장품 사다 주라 화장품. 진주로 만든 기초화장품이 그렇게 인기래. 하나만 갖다주면 너가 좋아하는 토끼풀 과자 만들고 기다릴게."

"시내 간 김에 과자는 사 먹으면 되는데 과자는 뭔 과자를 만든대. 그리고 너는 피부도 하얀 게 왜 화장품이 필요하대?"

"아 자꾸 그렇게 까칠하게 나오지 말구우. 내가 한 번만 부탁할게. 소원이야! 알겠지? 소원!"

"에휴. 알겠어. 진주 들어간 거면 되는 거지? 뭐튼 보이면 사다 줄게 그럼."

"너가 최고야! 근데 너 무슨 일 있는 건 아니지? 평소보다 훨씬 고분고분하게 얘길 들어주네?"

나는 순이에게 카메라 얘기를 털어놓을까 하다가 그것이 백해무익한 일이라는 생각이 들어 한숨만 내쉬었다. 순이는 그 귀여운 눈을 빛내며 나를 뚫어져라 쳐다보았지만, 나는 얼른 순이를 쫓아냈다.

"아 됐어! 맘 바뀌기 전에 빨리 출발해야겠어. 자꾸 그러고 눈웃음치면 진주 대신 달팽이 크림 들어간 거로 사 와버린다?"

순이는 배시시 웃으며 사라졌다. 순이가 사라진 자리에는 달큰한 향기만이 남아 있었다. 순이의 갑작스러운 침입은 밤새 무거웠던 기분을 조금 나아지게는 해주었지만 그렇다고 고민거리가 완전히 가신 것은 아니었다. 나는 주섬주섬 카메라와 상자를 챙겨서 할아버지께서 기다리시는 마당으로 나갔다. 무엇이든 가질 수 있지만 동시에 마음은 편할 수 없었던 하루가 그렇게 시작되었다.

・

시내로 나가는 내내 나는 단 한마디도 하지 않았다. 조금 이상한 점은 할아버지께서도 단 한마디도 하지 않으셨다는 점이다. 내가 조용하니 왜 그런지 물어보실 법도 한데 할아버지께서는 아무것도 묻지도, 말해주지도 않으셨다.

나는 창밖을 내다보며 수없이 많은 상상을 했다. 무엇이라도 가질 수 있다면 나는 무엇을 가져야 할까. 길가에는 새, 벼, 들판, 산, 시냇물, 괴물같이 끔찍한 물고기들, 자동차, 버스, 비행선 같은 것이 가득했다. 하지만 그중에는 내가 갖고 싶은 것도 담고 싶은 것도 없었다. 셀 수 없이 많은 것들로 가득한 세상 속이었지만 내가 가지고 싶은 것은 단 하나도 없다는 것은 묘한 외로움을 자극했다.

도시로 들어와서도 상황은 별반 달라지지 않았다. 물론 도시에는 물건의 종류가 훨씬 많았고 마을이나 도로 위보다 휘황찬란하기는 했다. 보석이나 최신형 전자기기는 진열장에 줄 세워져 그 영롱함과 자태를 뽐내었고, 신상의 옷이나 오래된 고서들, 값비싼 조립식 장난감과 군침 도는 먹거리들이 도처에서 유혹과 선망의 덫을 놓았다. 하지만 그토록 화려하고 잘 꾸며져 있음에도 불구하고 그것들을 갖는 것은 행복할 것 같지는 않았다. 그보다는 이상하리만큼 거추장스럽고 불필요한 것처럼 여겨졌을 뿐이다. 나는 그 모든 아름다운 물건들을 가져보는 상상을 했고, 매번 그것들이 불편하게 주렁주렁 달려 있다는 느낌으로 상상을 끝내야만 했다. 이미 입을 옷이 있고, 먹을 음식이 있으며 어디든 쏘아 다닐 다리와 보고 느끼고 마음에 담아낼 눈이 있는데 그 어떤 물건이라도 가져야 할 이유는 단 한 가지도 없었다. 그 물건들을 가지고 내가 할 수 있는 일들이란 비단 대단히 한정적일 뿐만이 아니라 나 자신이 할 수 있는 일들을 한정지어 버리는 것이기도 했다. 가지면 가질수록 할 수 있는 일이 줄어든다는 이 기묘한 상관성은 처음에는 신기했으나 곧 답답해졌고, 종국에는 숨이 턱 막히는 일이 되고 말았다.

살면서 처음으로 나는 물질의 풍요가 가져다주는 불안에 짓눌렸다. 무엇이든 가질 수 있다는 것은 그만큼 막막하고 두려운 일이었다. 원할 수 있는 것이 너무 많자 나는 되려 아무것도 원할 수 없는 상태에 빠져버리고 말았던 셈이다. 답답함이 탑처럼 쌓여 발작 비슷한 것이 터져 나오기 직전쯤, 내 마음속에서는 과거의 욕망 하나와 그 욕망의 결과가 떠올랐다.

  몇 년쯤 어느 여름, 정말 단단한 나무 지팡이가 가지고 싶었던 적이 있었다. 옆 동네의 얄미운 훈이가 여름 내내 자신의 목검을 자랑하고 다녔던 탓에 생긴 욕망이었다. 훈이의 까맣게 반질거리는 흑단 나무 목검은 바닷물을 잔뜩 머금은 유목으로 만들어진 멋진 물건이었을 뿐만이 아니라 강도 역시 쇠몽둥이에 비견될 만한 대단한 것이었다. 그 목검으로 멧돼지도 잡아보았다는 훈이의 허풍은 그 누구도 믿지 않았지만, 그래도 그 목검의 자태만큼은 마을 아이들 사이에서 신병이기 취급을 받기에 충분한 것이었다. 그 목검을 한 번 만져본 뒤로 나는 밤새도록 끙끙 앓아야만 했다. 그런 목검을 갖고 싶다는 강렬한 욕망은 마치 배나무에 생긴 흰개미처럼 마음을 온통 갉아먹고 있었다. 그것은 의심할 여지없이 나무 몽둥이 좀 잡아본 말괄량이라면 누구나 꿈꿀 법한 완벽한 몽둥이였고, 그런 멋진 것이 내가 아니라 얄미운 훈이의 손에 들려 있다는 사실은 억울하고 화가 나는 일이었다. 그런 전설의 무구는 자격이 있는 영웅에게만 주어져야 마땅했는데 훈이가 그런 자격이 없다는 것은 내가 누구보다도 잘 알고 있었던 탓이다. 불과 작년만 해도 훈이는 바지에 오줌을 싸서 소금을 얻으러 돌아다니던 겁쟁이였고, 나는 그 사실을 짓궂은 마을 아이들에게 비밀로 해준 훈이의 은인이자 영웅이었다. 하지만 목검을 얻은 뒤의 훈이는 그 사실을 까맣게 잊기라도 했는지 자신을 위대한 이야기의 주인공이나 전설의 용사 취급을 하는 데 성공하고 말았다. 나는 그해 여름, 온갖 해변과 산속을 다 헤집고 돌아다녔다. 악을 무찌르고 해변의 괴물들을 퇴치하기 위해서, 산맥의 영웅들과 햇살 사이의 천사들과 어울리기 위해서 찾은 것뿐만이 아니라, 얄미운 훈이의 콧대를 눌러 주기 위해서라도 꼭 필요한 일이었다. 깎아지는 듯한 절벽들과 썰물 때만 드러나는 비밀스러운 물길들을 탐닉하며 나는 그해 여름 수백 수천 개의 나뭇가지들을 만나보

앉다. 나뭇가지들은 저마다의 사연과 자태를 가지고 내게 다가왔지만, 나는 정말로 가장 뛰어난 전설 같은 이야기를 마주칠 때까지는 탐색을 멈추지 않았다. 그러던 어느 날, 햇살이 비치는 눈부신 오후에 나는 썰물 때에만 들어갈 수 있는 작고 비밀스러운 무인도 해변 위에서 마침내 훈이의 흑단 목검에 비견될 만한 백색 유목을 찾아낼 수 있었다. 그 백색 유목은 파도와 거품을 머금고 미의 여신처럼 해변을 따라 아름답게 흔들리고 있었다. 그 나무를 발견한 순간 나는 갈매기들도 놀랄 만한 거대한 탄성을 내질렀고, 그 뒤로 이틀 동안 침식을 잊고 그것을 다듬어 위대한 대현자의 지팡이로 빚어내는 데 성공하고 말았다. 그 위대한 지팡이는 훈이의 목검과 부딪혔을 때에도 흠집 하나 나지 않았고 (되려 훈이의 목검에 자그마한 자국이 남았다) 철물점 고씨 아저씨가 손도끼로 찍어 보았을 때에도 멀쩡하여 마을 아이들의 새로운 선망의 대상이 되어주었다. 물론 지금은 내 방구석에서 먼지만 쌓여가고 있었지만 말이다. 백색 유목을 발견하고 다듬던 순간은 내 삶에서도 손꼽힐 만한 거대한 기쁨과 환희의 순간이었지만, 그것은 찰나의 감정일 뿐이었다. 욕망이 충족되는 짧은 순간에만 머무르는 환희는 허망함만을 잔열처럼 남겼다. 지팡이가 완성된 뒤에는 되려 별다른 즐거움이 남지 않았다. 훈이의 목검을 제압하여 그 얄미운 표정을 지워지게 만들었을 때에도, 마을 아이들이 한 번만 지팡이를 만져봐도 되냐고 사정하여 살짝 건네줬을 때도 즐거움이나 우월함이 샘솟지는 않았다. 다만 허망함만이 짙어져서 결국 방구석에 지팡이를 고이 모셔두게 되었을 뿐이다. 그 뒤로 나는 가진 뒤의 허망함을 알았다. 그것은 그 여름에 내게 건네어진 가장 귀중한 깨달음이었다. 갖고 싶어 하면 할수록 가진 뒤의 허망은 커지기만 했다. 비싼 자동차도, 최신형 광선검과 세월을 뛰어넘을 목검마저도, 갖기 전에는 선망이기에 불안이었던 그 모든 것들은 가지고 난 뒤에는 허망함이 될 뿐이었다. 마법 사진기로 무엇을 찍어도 그 사실이 변하지 않을 것임을 알고 있기에, 나는 끝없는 욕망과 물질의 나열 속에서 거추장스러워하며 한정 지어지는 나 자신을 발견할 수밖에 없었다. 그리고 그 욕망의 무게는 너무나 무거운 것이라 나는 차마 카메라를 들어 올릴 엄두조차도 할 수가 없었을 뿐이다.

지, 팔지 말지 고민하는 것도 중요한 경험이니 그걸 겪었다면 되었다. 집에 가자꾸나."

・

집으로 돌아오는 길에는 할아버지께서 이런저런 이야기를 많이 들려주셨다. 하지만 그 주제는 카메라와 돈이나 마법과 일상에 대한 것은 아니었다. 그 대신 할아버지께서는 눈에 보이는 모든 살아 있는 것들에 대해서 기묘하고 신비한 이야기들을 들려주셨다.

"저기서 빙빙 도는 새가 보이느냐? 저게 바로 해동청이란다. 우리 마을 주변에서 가장 빠른 생명체이기도 하지만 온 세상에서도 손꼽히게 빠른 새지. 오래전에는 해동청을 연구해서 비행선을 만들기도 했는데, 소리 그 자체보다도 빠르게 움직였다고 한단다."

"우와, 해동청은 어떻게 그렇게 빨리 난대요?"

"그 원리야 나도 잘 모르지. 하지만 잘 보거라. 운이 좋으면 눈에 담을 수도 있고, 이해할 수도 있을 게야."

우리가 지켜보고 있는 가운데, 먼 하늘의 점이었던 해동청은 어느 순간 하늘을 수직으로 가르는 선이 되었다. 파란 하늘이 검은 실선으로 갈라지는 모습은 경탄스러운 것이라 나도 모르게 경탄사가 튀어나오고 말았다.

"와!"
"저것이 해동청이 사냥하는 방식이란다. 하늘 꼭대기에서 날벼락처럼 내리꽂히지. 해동청이 주로 사냥해서 먹이로 삼는 들쥐나 생쥐들은 영리하고 잽싸게 그지없는 녀석들이라 저렇게 먼 거리에서 빠르게 떨어지지 않으면 잡을 수가 없단다."
"어마어마하네요!"
"저기 저쪽에는 연못에는 원앙이 있구나! 저것도 잘 보거라!"
"어디요! 어디에 있어요!"

할아버지께서는 원앙과 여우와 장수풍뎅이와 하늘을 먹고 산다는 붕새와 생에 딱 한 번만 결혼한다는 늑대들과 어른이 되면 뇌를 소화시켜 버린다는 말미잘과 불가사리들에 대한 놀라운 이야기들을 들려주셨다. 그 이야기들은 마치 마법처럼 신비했고 불경처럼 엄숙했지만, 동시에 모두 현실의 이야기들이었다. 내가 반신반의하며 믿지 않으려고 하면 할아버지께서는 마치 해동청의 사냥을 보여주셨던 것과 같이 그들의 행동을 직접 보여주셨다. 나로서는 그 신비한 이야기에 매혹되고 매료될 수밖에 없었다. 문득, 사진기로 살아 있는 생명체를 찍으면 어떻게 될지 궁금해졌다. 사실 내가 진정으로 갖고 싶어 하는 것들은 물질이나 물건이 아닌 능력에 속해 있는 경우가 많았다. 보이는 것의 성질이나 성향마저도 소유할 수 있다면 정말 마법 같은 일이 일어나는 셈이다. 해동청의 사냥을 찍으면 해동청처럼 빠르게 날 수 있게 될까. 여우를 찍으면 나도 귀엽고 복슬복슬해지며 애교가 많아질까? 고래를 찍으면 마음이 넓어지고 사자를 찍으면 용기로 가득해지지는 않을까?

혹시라도 할아버지를 찍으면 나도 할아버지처럼 박학다식하고 생명을 사랑하는 사람이 될 수 있을까? 그때 문득 머릿속에서 순이의 환한 웃음이 떠올랐다. 나는 순이를 사진기로 찍는 상상을 했다. 그러자 더 많은 의문들이 꼬리에 꼬리를 물고 떠올랐다. 나는 어느 정도까지의 순이를 갖게 되는 걸까? 입고 있는 옷이나 화장품 정도일까, 아니면 순이가 평생 내 것이 되어 곁에 머무르는 걸까. 사진에 담기는 것이 과연 정지된 그 순간의 겉모습뿐인지 아니면 껍데기 너머의 본질일지는 그 누구도 알 수가 없었다. 그리고 사실 그 둘이 분리가 가능한 것인지조차도 알 수가 없는 일이었다.

  그날 밤, 나는 두렵고 기괴한 꿈을 꾸었다. 꿈속의 나는 기어코 순이를 사진기로 찍어내었고, 그 대가로 순이의 맑고 고운 피부를 받았다. 허연 살 거죽이 창틀에 나부끼는 것을 본 나는 꿈에서 혼절할 때까지 비명을 질러대었다. 비명에 지쳐 잠에서 깨니 식은땀이 어찌나 많이 났는지 속옷이고 잠옷이고 몽땅 다 젖어 있었다. 창문은 살짝 열려서

하얀 커튼이 나부끼고 있었고, 나는 그 장면에 살 거죽이 다시 나부끼기 시작한 줄만 알고 비명을 지를 뻔하고 말았다. 가까스로 비명을 참아낸 뒤에는 억울한 울먹임이 터져 나왔다. 대체 왜 내가 이런 수난을 겪어야 하는지 어린 나는 이해할 수가 없었다. 창문가에서는 폭풍을 닮은 그림자가 어른거렸다.

지난밤의 여파가 아직 완전히 가시지는 않았는지 밤은 조용했지만, 어디로 튈지 모르는 강렬함을 감추고 있었다. 나는 침대 밑에 꽁꽁 감춰 놓았던 사진기를 꺼내어 들었다. 할아버지는 바다에서 온 것은 바다로 되돌아가도 좋은 일이라고 말씀하셨었다. 그리고 이렇게 번뇌와 식은땀으로 가득한 밤들을 보낼 바에야 카메라를 다시 바다로 돌려주는 것이 맞는 것 같았다. 마법의 사진기를 집어 든 채로 나는 도둑고양이처럼 살금살금 대문을 넘어 기어 나왔다.

・

어른들은 밤에 해변가에 가는 것을 별로 좋아하지 않았다. 가끔 놀러 온 관광객들이나 피서객들이 밤에 바닷가에서 술판을 벌이기는 했지만, 적어도 주민들 중에는 그런 정신 나간 행동을 할 사람이 거의 없었다. 밤의 바다는 안전한 곳은 아니었다. 오늘 밤처럼 비교적 조용하고 잔잔할 때마저도 확실한 일이었다. 밤과 바다가 구분이 가지 않는 암흑 속에서 나는 장송곡 같은 파도 소리를 듣고 있었다. 사진기를 어디쯤에다가 던져야 파도에 쓸려 내려갈지는 알 수 없었다. 상자는 견고한 만큼 무거웠고, 잘 보내주지 않으면 돌아와 업화를 끼칠 가능성도 충분했다. 나는 내 주변의 그 어떤 사람도 내가 겪은 것 같은 무거운 번뇌를 느끼지 않기를 바란 만큼, 보내주는 것에 대해서 신중할 수밖에 없었다. 나는 잠시 숨을 멈춘 채 파도가 철썩이는 바다를 바라보았다. 그 위에는 아무런 빛도 없었기에 아무런 사진도 찍을 수 없었다. 그래서 그 누구도 아무것도 가질 수 없었고, 그 누구도 무언가를 가져야 할 필요도 없었다. 철썩거리는 소리를 내며 바다는 끝없는 어둠과 미지로 땅의 안식에 부딪혀 갔다. 그 부딪힘 속에는 공존이 있고, 뒤섞임이 있으며, 그로 인한 생명과 삶이 있었다. 바다와 해변이 부딪히며 만들어진 포말 속에서는 삶과 죽음이 섞이며 생명의 거품이 태어났다. 마치 새끼 거북이 마냥 나는 그 바다를 향해서 달려가기 시작했다. 끝없는 모험과 마법은 이미 내 앞에 펼쳐져 있었다. 카메라를 주운 것이 복이자 그것은 화이기도 했다. 사진을 찍는 것도, 무언가를 소유하는 것도, 사랑하는 것과 살아가는 것도 다 복이자 화였다. 그리고 그것들은 그 자체로 모험이자 마법이라고 불리기에 충분한 것들이었다. 나는 복이 다가와 화로 변하여 나를 이루는 해변에 카메라를 내려놓았다. 바다는 파도로 화하고, 파도는 해변으로 화하며, 땅은 울음소리로 화답하는 그 지점은 카메라와 썩 잘 어울리는 신비한 곳이었다. 철썩철썩 소리를 내는 해변은 끝없이 어둡고 신비한 미지와 부딪히며 엉겨 붙었다. 지금은 모래사장인 이 장소는 동이 트면 물이 들어와 바다로 잠길 것이 분명했다. 밤이 새벽이 되고 아침이 되며 카메라는 다시 무한의 여정을 파도의 결을 따라 시작할 것 같았다.

나는 다시 돌아올 길을 나아갔다. 발자국은 파랑새가 되고 그레텔의 과자 부스러기가 되었다. 어둠에 물든 마을로부터 나아와 나는 다가오는 파도를 정면으로 마주 보았다. 그리곤 파도가 빚은 견고한 선 위에 나무로 된 사진기 상자를 내려놓았다. 그 순간 들려온 철썩이는 소리가 카메라가 낸 마지막 셔터음이었을지 파도 소리였을지는 그 누구도 알 수가 없었다. 마법은 다시 상자 안에 담겼고, 우리는 모두 영원을 항해하는 꿈을 꾸기 시작했다. 나는 빵가루 같은 발자국을 따라서 바다를 헤어 나왔다.

    곧 동이 틀 것 같았다.

고
래
집

화롯가의 늙은 노신사는 불꽃 속에 깊이 잠긴 그림자가 된 것만 같았다. 마치 영혼이 육신을 떠나간 것만 같은 그의 낡은 형체엔 가끔 타닥이는 불꽃만이 움직이는 그림자를 드리워 그에게 생기를 불어넣었다. 하지만 불꽃의 생기는 불꽃만의 것일 뿐, 그의 본질은 어둠처럼 고요하고, 작은 미동도 없이 그 의자에 잠겨 있을 뿐이었다. 젊은 공방주는 참을성 있게 기다렸다.

　이 오래된 공방은 아직 채 삶을 다 못 이룬, 그러면서도 삶을 떠나지는 않은 자들만이 자리를 차지할 수 있는 곳이었다. 노신사가 그곳에 있다면 아직 삶에 미련이든 시간이든 무엇인가는 남은 것이 분명했기에, 공방주는 긴 호흡으로 그의 말을 기다렸다.

공방에는 다른 곳에서는 찾아보기 어려운 물건들이 가득했다. 화롯가의 불꽃으로 때론 아른거리고 때론 빛을 삼키며 장식장을 빼곡하게 채우는 그 물건은 잉크만 충분하다면, 우주를 창조할 수 있는 위대한 물건이었다. 고대의 화석으로 거칠게 만들어졌건, 고래 뼈로 부드러운 손잡이를 가졌건, 그 모든 것의 본질은 하나였다.

모난 것도 가벼운 것도 투명하거나 창백한 것도 모두 부드러운 백지 위에 검은색 우주를 의미로 담아내는 것만을 필생의 의미로 삼는 그 물건을 사람들은 만년필이라고 불렀다. 그리고 그 만년필이야말로 이 공방이 존재하는 이유이자 노신사가 몇 시간째 꿈쩍도 안 하고 화롯가에서 깊은 생각에 잠긴 원인이었다.

젊은 공방주는 말없이 만년필들을 하나씩 꺼내어 정성들여 닦았다. 얇고 부드러운 천으로 그 기둥과 촉을 닦아내는 공방주의 손길은 마치 갓 태어난 아기를 다루는 산모의 손길을 닮아 있었다. 만년필 위에는 먼지 한 톨 앉아 있지 않았지만, 공방주는 마치 세월을 닦듯 만년필들의 표면을 끊임없이 쓰다듬고 또 쓰다듬었다. 마치 만년필 위에 음각된 의미와 양각된 문양들 사이에 이야기를 불어넣는 것만 같은 모양새였다. 열일곱 개쯤 닦고, 넣었을 때일까 늙은 노신사가 한마디를 툭 내뱉었다.

"고래 **뼈**로는 안 될 것 같네."

아직 살아 있음을 증명하는 것만 같은 노신사의 한마디는 그다지 넓지 않은 공방에서 화기애애함을 한순간에 앗아갔다. 노신사는 고개 한 번 돌리지 않았지만, 공방주는 싸늘한 시선을 만년필에서 떼어 노신사에게 보내었다. 시선이 닿는 곳을 꿰뚫어 버릴 것만 같은 차가운 눈빛이 곧 스러져도 이상하지 않은 노신사의 얼굴에 작렬했다.

"아까도 말씀드렸지만, 그건 가능한 일이 아닙니다."

자그마한 실내는 화롯불이 타오르고 있음에도 불구하고

냉정한 거절에 물들어 한겨울에 대문을 열어 놓은 분위기가 되고 말았다. 노신사는 마침내 몸을 부스스 일으켜 바로 세웠다. 의자에 반쯤 잠겨 있을 때는 잘 느껴지지 않았지만, 몸을 일으킨 그 순간부터는 방을 가득 채우는 위압감이 노신사에게서 흘러나왔다. 큰 키와 검버섯 가득한 얼굴이 한순간의 공간 분위기를 채우고 공방주의 서늘한 기운에 맞섰다. 노신사는 엄습하는 어둠처럼 엄중한 자세로 말했다.

"고래 뼈 정도로는 담아낼 수 없네. 내가 느끼는 이 불안도. 내가 가져야만 하는 희망도 말일세. 자네 선사께서 말해주지 않으셨나?"

젊은 공방주의 눈빛은 전설로만 전해져 오는 북해의 빙정들만큼이나 싸늘해졌다. 그의 스승이자 전대 공방주였던 분의 마지막 한탄이 이 노신사의 만년필에 관한 것이었다.

평생을 걸작만 만들어 왔던 그의 스승도 말년에 유일하

게 실패한 것이 하나 있었으니, 이 노신사에게 건넨 만년필이 바로 그것이었다. 장엄하고 공포스러운 가운데 한줄기 별빛 같은 희망이 깃들어야 하는 노신사의 글에는 질식할 듯한 두려움과 도망치려고 하는 가련함만이 깃들어 마지막 한 장을 남겨두고 마침표가 찍히지 못했다. 걸작으로 남아야 하는 글의 운명이 비틀려 버렸던 셈이다. 그리고 노신사는 만년필의 재질을 백 번하고도 일곱 번이나 바꿔가면서 시도했음에도 글이 완성되지 않자, 공방주의 실력을 탓하여 마음을 찢어 놓았었다. 노신사는 덧붙였다.

"이미 고래로 된 것은 모두 써 봤네. 등뼈에서부터 그 단단하다는 턱뼈까지 모두 써 보았지. 심지어 수염으로 된 붓과 그 귀하다는 안구 뼈를 깎아 만든 섬뜩한 만년필까지 모두 다 써 봤단 말일세. 하지만 내 안에 휘몰아치는 이 감정은 그 안에 담기지 않았네. 자네의 스승도 그 사실을 잘 알고 있었지. 알고도 아무것도 해주지 않았고. 선대의 실수를 답습할 셈인가 자네?"

젊은 공방주, 아담은 응수하지 않았다.

그의 스승이자 아버지 같았던 전대 공방주가 세상을 떠난 지 아직 채 한 계절도 지나지 않았었다. 그리고 비록 평생에 걸쳐 모든 것을 물려받기 위한 수련을 거듭했다고 해도, 아담은 아직 자신이 이 위대한 공방의 주인이 될 격을 갖췄을 것이라고 장담할 수는 없었다. 이미 엄습하고 있던 막대한 책임감과 불안에 노신사는 불쏘시개를 던져 넣었던 셈이다. 아담은 마음을 가다듬고 말했다.

"저희 공방은 이십이 대를 내려오는 동안 두 가지 재료만을 정통하게 다뤄 왔습니다. 다른 어디에서도 찾을 수 없지만, 이 마을에서만은 그 자태를 드러내는 화석과 고래의 뼈가 그것이지요."

노신사는 아담을 빤히 쳐다보았다. 이미 모두가 알고 있는 뻔한 이야기를 뭐 하러 반복하냐는 질책이 담긴 눈빛이었다. 아담은 꿋꿋하게 말을 이었다.

"작고하신 선사께서는 그중에서도 고래 뼈로 작품을 만드시는 기술이 역대 그 어느 공방주보다도 뛰어나신 분이었습니다. 그리고 저는 그분의 유지를 이어받은 후계자입니다."

"그래서, 평생 선사의 그림자나 쫓아 고래 뼈로만 고리타분하게 작품을 깎아 나가길 반복하겠다는 겐가?"

아담은 대답 대신 냉기 서린 침묵을 건네었고, 노신사는 콧방귀를 뀌었다.

"이건 고집을 넘은 아집이군. 마음을 담는 도구를 만든다던 이 공방의 명성도 이번 대에는 쇠퇴할 게 분명하겠어."

불안을 건드리는 노신사의 말은 다시 한번 빙정 같은 아담의 평정심을 깨트릴 뻔했다. 하지만, 그가 한마디 내뱉기도 전에 노신사는 뚜벅뚜벅 걸어가 문가에 걸린 외투를 꺼내어 걸쳤다. 장승 같은 육신에 두터운 그림자 같은 검은 외투가 걸쳐지자 마치 겨울의 악몽에서 나온 그림자의 왕

같은 모양새가 되었다. 노신사는 문을 벌컥 열었고 북풍한설의 한기가 밖에서부터 몰아쳐 들어와 작은 공방을 더욱 싸늘하게 얼리기 시작했다. 노신사는 말했다.

"먼 거리 찾아와 귀한 시간을 낸 것 치곤 아무 의미 없는 대화였네. 마을에서 기다리고 있을 테니 부디 다시 한번 고려해 보길 바라네. 시간이 많지 않으니 잘 고민해 보고 찾아와 주길 진심으로 바랄 따름이네."

시간선이 깊게 패인 노신사의 얼굴은 아담에게 엄중한 경고를 보내는 것만 같았다. 노신사의 삶은 얼마 남지 않은 것이 분명했고, 그의 시간이 이대로 끝나 버리면 그의 만년필은 위대한 공방의 첫 번째 실패작으로 남을 수밖에 없었다. 아담의 귀에는 벌써부터 비평가들의 혹평이 들려오는 것 같았다.

'젊은 공방주, 유구한 역사의 공방의 첫 실패작을 만들다.'
'자질 부족인가, 제대로 배우지 못한 탓인가.'

'첫 작품부터 실패인 이십이 대 후계자, 공방의 미래는 있는가?'

 망령된 거짓 목소리들이 휘몰아치는 눈보라와 맞물려 아담의 마음을 뒤흔들어 놓았다. 아담은 다시금 입술을 짓씹으며 노신사가 열어 놓고 간 문을 닫으러 몸을 일으켰다. 언덕의 저편으로 사라진 노신사의 발자국은 어느새 세찬 눈보라에 반쯤 지워져 있었다. 사람의 흔적이 계절의 빗자루로 쓸어 담기듯 지워지는 것을 보며 아담은 문득 외롭다는 기분을 느끼고 말았다. 오늘따라 마을에서 멀리 떨어진 언덕 위에 홀로 세워진 이 공방이 감당할 수 없는 의미처럼 느껴지고 있었다.

•

 시간이 의미를 갖기도 전의 옛날 옛적에, 공방은 한적한 바닷가 마을을 내려다보는 언덕에 자리를 잡고 생겨났었다. 언뜻 보기엔 평이하고 고즈넉한 이 바닷가 마을은 공방이 들어서기 전부터도 이곳에서만 나는 두 가지 특산품 덕분에 일부 수집가들 사이에서 명성이 자자하던 장소였다. 어떤 사람들은 어쩌면 공방이 이 장소에 자리 잡은 이유 자체가 이 두 가지 재료, 고래 뼈와 화석 때문일지도 모른다고 추측하기도 했으니 공방은 처음부터 고고하고 이해할 수 없는 것들의 마을 속에서 그 역사를 시작했던 셈이다.

  마을 앞 바다는 고대의 시간부터 거대하고 너그러운 것들의 안식처였고, 비록 역사에는 기록되지 않았을지언정 바다와 토양이 제 뼈를 깎아 몸에 새긴 흔적들에서 그 사실을 분명하게 읽을 수 있었다. 근처 다른 바다에서는 고래의 그림자도, 흔해 빠진 용들의 발자국 화석이나 앵무조개들마저도 흔적을 찾아볼 수가 없었다. 마을 앞바다와 침식절벽에서는 화석과 선사시대의 유물들이 넘쳐났던 탓이었다. 마을 주민들 대부분의 벽난로나 창가가 그들의 할머니의 할아버지의 할머니들 때부터 전해져 내려오는 고대의 뼛조각들로 장식되어 있을 정도였다. 그러니 외지인들이나 고생물학자들은 혀를 내두르며 감탄할 역사의 보석들이 이 마을에서는 민들레만큼이나 흔한 취급을 받을 뿐이었다.

 기나긴 시간 동안 퇴적되어 온 바다 생명체들의 역사는 마을 앞 바다를 기나긴 이야기의 장으로 만들어 놓았다. 시간의 퇴적물들은 단순히 화석이나 돌에 새겨진 날카로

운 자국들로만 전해져 온 것이 아니라 관습이나 본능과 같은 무형의 각인으로도 남는 것이었다. 거대한 혹등고래들은 아이를 낳고 기르기 위해 선조들과 똑같은 방식으로 수천 년 동안 마을 앞바다를 찾았고, 현명한 수염고래들은 선조들의 무덤을 찾고 그들 자신의 영면을 맞이하기 위해 절벽 너머의 깊고 신비스러운 장소들에 몸을 뉘었다. 다른 곳에서는 거의 만날 수 없는 신비로운 뿔돌고래들과 보석처럼 새하얀 백돌고래들 마저도 마을 앞의 신비로 가득한 검은 바다를 그들의 고향이자 터전으로 삼았으며, 똑똑하고 잔인하기로 악명 높은 범고래들마저도 이 바다에서는 잔잔하게 노래를 부를 뿐이었다. 역사 이전에도, 그 이후에도 고래들은 파도와 안개를 닮은 신비한 모습으로 마을을 담은 해변과 공존했다. 그 사이에서 변하고 또 변하는 것은 인간과 그들의 역사뿐이었던 셈이다.

  한때는 마을 주민들이 일확천금에 눈이 멀어 포경업이니 고래 도축업을 한다고 시끄러웠던 적도 있었다. 하지만 가장 잔인하고 강경했던 이들 마저도 곧 고래를 죽이는 것이 자신들의 일부를 죽이는 것과 마찬가지임을 깨달을 수 있었다. 사람은 이해하기 어려운 바다의 슬픔이 마을을 물들이자, 깊이 없는 모든 유행이 그렇듯 포경업을 하던 이들 역시 역사 속에서 사라지고 잊혀졌다. 남은 것들은 그 흔적들뿐이었다. 억겁의 세월 동안 바다에 쌓이고 마을을 둘러싼 뼈들. 화석도 뼈였고, 포경업의 부산물도 뼈였으며, 고대로부터 이어져 온 고래들의 무덤도 역시 뼈일 뿐이었다. 마을은 뼈로 둘러싸이고 뼈 위에 지어졌으며 뼈로 만들어진 거대한 본질의 무덤이었다. 그리고 그 본질의 무덤가에서 글이란 꽃이 피기 시작했다.

 공방의 역사가 시작된 것도 그 즈음이었다. 사실 공방이 정확히 언제, 그리고 왜 생겨났는지는 마을의 가장 나이 든 어르신들조차도 알지 못했다. 식료품 가게나 술집과는 달리 공방은 마을 모두에게 필요한 시설은 아니었고, 그래서 그 누구도 공방이 생겨났을 때 그곳을 신경 쓰지 않았다. 더군다나 공방이 터전으로 잡은 곳은 마을에서도 꽤 떨어진 절벽 위였다. 공방의 주인들은 마을의 주민들과 크게 소통하지 않고, 적적하고 외로운 그들만의 삶을 이어 나갔다. 그것은 공방이 모든 글 쓰는 이의 성지가 된 이후에도 마찬가지인 일이었다. 수많은 작가들이 자신의 위대한 작품을 이 공방의 만년필로 써내었고, 그 공로를 공방의 위대한 주인들에게 돌렸다. 대문호들이 꿈에서조차 갖기를 바라는 위대한 도구가 바로 이 공방의 작품이었고, 글 쓰는 이들이라면 누구나 공방의 만년필을 한 자루 갖게 되기를 평생의 소망으로 삼았다. 매년, 공방을 찾아오는 손님들의 이름은 거창해졌고 공방의 명성은 그 무게를 더해 가기만 했다. 하지만 그 명성을 얻게 된 이후에도 공방의 주인들은 외롭고 고립된 삶을 사는 것을 멈추지는 않았다. 때때로 공방의 주인들이 가끔 마을로 내려와 식료품을 사거나 해변에서 화석과 고래 뼈들을 뒤적이기는 했지만, 마을 사람들은 그들에 대해 크게 신경 쓰지 않았다. 공방 주인들은 뼈를 뒤적이다가 조용히 절벽 위로 사라졌고, 사람들 역시 잊혀질 때쯤 되면 한 번씩 나타나는 조용한 예술가들에게 큰 관심을 둘 이유가 없었다. 자연스럽게 공방은 마을의 일부이면서도 고립된 독특한 장소가 되었다. 외로우면서도 독

특하고, 함께 있으면서도 거리감이 있는 그런 고고한 곳. 그리고 당대의 젊은 공방주인 아담은 역대 그 어느 공방주보다도 고고하면서도 외로운 사람이었다.

아담은 스스로의 어릴 적을 잘 기억하지 못했다. 어머니가 누군지, 아버지가 누군지도 기억에 없었고, 마을에 흘러 들어오기 전 어디서 무엇을 했는지도 기억나지 않았다. 아담의 마음에 새겨진 첫 기억은, 마을의 어느 술집 앞에서 벌벌 떨고 있던 그에게 탐스러운 수염의 남자가 말을 걸었을 때였다.

"갈 곳이 없느냐." 하고 남자는 물었다.

아담은 추운 것이 몸서리치게 싫어서라도 고개를 끄덕였고, 남자는 손을 내밀었다. 남자가 건네준 두터운 털외투를 걸치고, 눈이 새하얗게 쌓인 언덕을 넘어 공방의 따뜻한 화롯가 앞에 도착한 것이야말로 아담의 첫 기억이자 생의 의미였다.

그 추운 겨울날 스승에게 삶을 구원받은 뒤로 어린 아담은 공방에서 수많은 시간을 쌓아 왔었다. 작은 고래 뼈와 화석을 가지고 놀다 보면 가끔씩 위대하고 어려운 손님들이 공방에 들어오곤 했고, 손님들과 스승이 나누는 깊은 대화는 알게 모르게 아담의 마음에 스미었다. 글에 대한 어려운 이야기와 고래 뼈를 깎고 다듬고 의미를 만드는 스승의 손짓뿐인 무료한 나날이었지만, 그것이야말로 아담의 어린 시절을 영글게 한 햇살과도 같은 순간이기도 했다.

 아담이 열두 살이 되었을 때 스승은 그에게 작은 조각도를 쥐여주었고, 열다섯 살이 되었을 때에는 쇠를 두드리는 방법과 돌을 깎는 방법을 알려주었다. 열여덟 살이 되었을 때의 아담은 이미 스승의 모든 것을 물려받아 자신만의 한 자루 글 도구를 만들 수 있을 정도였다.

 아담이 기억하는 그의 평생은 오로지 스승의 발자취를 따라가는 데만 집중되어 있었다. 아담은 존경을 담아 스승의 손놀림과 마음가짐을 닮고 싶었고, 선망을 담아 그의 인품과 실력을 지니길 소망했다. 친구 하나 없이, 대화의 상대와 애정의 대상이라곤 스승뿐인 그 시간 속에서 아담의 실력은 일취월장했지만, 그의 마음에는 스스로도 인식하지 못하는 그림자가 드리우기 시작했다. 그런 아담이 안타까웠는지 스승은 어느 날 말도 없이 공방을 나서더니 일주일 뒤에야 돌아와서 예기치 못한 선물을 건네었다. 스승의 재료 가방에서 얼굴만 빼곡하니 내놓고 눈을 반짝반짝 빛내던 것은 재와 첫눈을 섞어서 만든 것 같은 덥수룩한 털의 강아지였다.

"황야에서 홀로 울고 있더구나. 마치 세상이 버린 것처럼 말이다. 네가 잘 돌봐 주려무나."

스승의 말을 명령처럼 받들었던 아담은 그 뒤로 이 까치빛의 강아지를 유일한 친구이자 동반자 삼았다.

먼지털이같이 복슬복슬한 것이 정신없이 뛰어다니며 돌풍을 일으키기에 '산을 쓸어내는 빗자루'라는 뜻으로 산비라는 이름을 붙여준 것도 모두 애정에서 비롯된 일이었다. 그 뒤로 아담의 세계는 공방의 일과, 산비와의 시간으로만 구성되었다. 그가 스승으로부터 첫 꾸지람을 들은 것도 산비와의 시간을 보내기 시작하면서였고, 첫 작품을 완성한 것도 산비와의 관계에서 영감을 받아서였다. 스승의 엄한 꾸중과 따뜻한 칭찬 사이에서 아담은 서서히, 그만의 자리를 잡아가고 있었다.

아담의 스승은 좋은 사람이었지만, 공방의 작품을 만들 때 만큼은 누구보다도 엄했다. 스물네 살이 될 때까지 아담은 일곱 개의 작품을 만들었지만, 스승은 매번 고리눈을 치켜뜨고 말했다.

"아직 공방에 올리기엔 부족한 작품이다. 다시 시도해 보거라."

스승을 하늘처럼 여겼던 아담은 스승의 말에 토를 달지는 않았지만, 자신의 작품이 어째서 부족한 것인지 이해할 수는 없었다. 아담의 손놀림은 스승만큼 정교했고, 재료를 고르는 눈은 세상 누구보다도 정확했다. 아담의 손안에서 매끄럽게 움직이는 만년필은 그 어떤 귀금속이나 보물보다도 아름다운 것이었다. 하지만 그의 스승은 말했다.

"글을 쓴다는 것은 곧 본질을 담는다는 것이다. 그 말인즉, 글을 쓰는 도구는 본질을 담는 도구라는 것이지. 하지만 이 안에는 너의 본질이 담겨 있지 않구나. 만든 자의 본질을 담아내지 못한 작품은, 글 쓰는 사람의 본질도 담아낼 수 없는 법이다."

아담은 그 말을 마음의 귀퉁이에 담아 두 번의 계절을 더 정진했다. 본질을 찾아서 수없이 많은 시간을 황야에서 헤매었고, 재료 하나하나를 들여다보며 억겁의 시간을 보내었다. 그 모든 시간 동안 털북숭이 강아지 한 마리가 곁에서 그를 지켜주지 않았다면 어쩌면 미쳐 버렸을지도 모를 만큼 외롭고 날카로운 시간이었다. 어쩌면 조금의 시간만 더 있었다면 그의 다음 작품만큼은 스승의 만족스러운 미소를 띄워냈을 지도 모르는 일이다. 하지만 안타깝게도 때때로 가혹한 면이 있었던 그의 스승은 그에게 너그러운 시간도, 인정받는 기쁨도 끝내 주지 않았다.

그해 여름, 갑작스럽게 세상을 떠난 스승의 장례를 단출하게 치르며 아담은 자신이 슬프고 고통스러운 것이 둘 중 어느 이유인지 고민해야만 했다.

아버지 같았던 평생의 버팀목을 잃은 슬픔이 미어지는 것인지, 아니면 스승께 단 한 점의 작품도 결국 인정받지 못한 부족한 자신이 서러워서인지 아담은 마지막까지도 알 수 없었다. 그는 어쩌면 평생 스승님의 기준에 걸맞은 작품을 만들 수 없는 걸지도 모른다. 그래서 누대에 걸쳐서 쌓아 올린 공방의 명성을 자신의 손으로 파쇄하게 될지도 모르는 일이다. 자신이 지켜오기 위해 평생을 노력했던 것이 자신의 손에 의해서 모두 무너질지도 모른다는 불안감을 느끼며 아담은 흐느끼고 또 흐느꼈다. 까치 빛 강아지 한 마리만이 그의 곁에서 눈물을 닦아 먹으며 위로를 건네었지만, 아담의 짙은 외로움과 슬픔은 그것만으로 모두 달래어지는 것은 아니었다.

•

그렇게 두 계절이 지나고 짙은 겨울이 찾아왔을 때, 아담의 실력은 그 어느 때보다도 예리하고 고매해져 있었지만 마음속 불안은 산자락만큼이나 거대해져 있었다. 그 산자락 같은 불안은 산을 쓸어내는 빗자루인 산비마저도 다 쓸어낼 수 없는 것이었다.

눈보라를 뚫고 노신사가 공방에 찾아온 것은 그 즈음이었다. 바깥에서 들려오는 낯선 소리에 산비는 늑대처럼 울었고, 아담은 공방 문을 열고서 흠칫 놀랐다. 검은 외투를 뒤집어쓴 마왕 같은 노인이 야수 같은 눈빛을 빛내며 그곳에 서 있었다. 아담은 잠시 악마가 그의 불안을 거래하기 위해 찾아온 것이 아닐지 의심해야만 했다.

노신사는 모자를 벗어 쌓인 눈을 털어내었고, 아담은 그제야 노신사가 선사께서 살아계실 적에 몇 번이나 왔었던 손님임을 알아볼 수 있었다. 노신사는 아담이 아직 어려 화석을 공기돌 마냥 가지고 놀 때도 공방에 왔었고, 조각도를 가지고 놀다가 손을 크게 베인 소년일 때도 공방에 왔었다. 그리고 그가 방문할 때마다 아담의 스승은 크게 시름에 잠기거나 우환에 휩싸인 표정이 되어 며칠간 말 한마디도 안 하곤 했었다. 성인이 된 아담이 가장 까다로운 고객은 어떤 사람이냐고 물어봤을 때도 아담의 스승은 망설이지 않고 대답했었다.

"너도 몇 번 본 사람일 게다. 아주 날카롭고 인상이 매와도 같은 사람이지. 내 스스로 만족스럽지 못한 작품을 건넨 유일한 사람이기도 하다."

아담은 감히 그의 스승에게 어찌 된 연유로 만족스럽지 못한 작품을 건네었는지에 대해서 묻지는 못했다. 하지만 그가 백여 차례도 넘게 물건을 손봐 달라고 했으며, 그 모든 요구를 스승이 불만 없이 받아들였다는 사실에 미루어 짐작건대, 두 사람이 묘한 동질감을 느끼고 있는 것을 어렴풋이 알 수 있었다. 생의 마지막 순간까지 후회 없는 완성을 위해 달려가려는 투쟁자들만의 의지가 그곳에 있었다. 어쩌면 그의 스승은 스스로의 완성을 위해 노신사의 완결을 꿈꾸었는지도 모른다. 하지만 그랬던 그의 스승은 비명에 쓰러져 갔고, 스승의 부채감만이 박쥐 같은 자태가 되어 아담의 문 앞에 그림자를 드리우고 있었다. 노신사는 동굴에서 울려 나오는 것만 같은 목소리로 말했다.

"들어가도 되겠소."

아담은 옆으로 비켜서며 노신사를 공방에 들였고, 그날 밤 기나긴 대화 속에서 받아들이기 어려운 요구를 받았다. 노신사는 말했다. 고래 뼈나 화석으로는 더 이상 안 될 것 같다고. 그런 만년필로는 자신의 작품을 완성할 수 없다고 말이다. 새로운 재료를 써서라도 자신의 작품을 완성시켜 달라는 노신사의 말은 아담으로서는 결코 받아들일 수 없는 것이기도 했다. 그날 밤, 노신사가 떠난 뒤 아담은 침실에 누워 생각했다.

'수백 년을 이어온 공방의 전통을 어떻게 감히!'

공방의 본질은 곧 아담의 본질이었고 이제는 그가 오롯이 책임져야 할 무게이기도 했다. 어려서부터 자신이 쌓아 올린 모든 것이 고래 뼈와 화석 사이에 묻혀 있었고, 그걸 저버린다는 것은 곧 자기 자신을 저버린다는 것과 같았다. 그 모든 외로움과 고통의 시간이 다 덧없어지는 것을 아담은 결코 좌시할 수 없었다. 결코 자신의 손으로 전통을 무너뜨릴 수는 없다는 생각에 아담은 필사적으로 해결책을 찾아 기억의 저편을 떠돌아다녔다.

  창문 밖을 희롱하는 눈바람만큼이나 망령된 흰 기억들이 아담의 머릿속을 떠돌아다니고 있었다. 무언가 잡힐 듯 말 듯한 기억 속에서, 아담은 그 희끄무레한 빛을 따라 미로를 헤매었다. 어쩌면, 어쩌면, 새로운 재료를 쓰지 않아도 답이 있을지도 모른다. 분명 세월과 시간은 그에게 탈출구를 하나쯤은 마련해 놓았을 것이다. 사로가 눈앞에 닥쳐왔다면, 그 어딘가에는 생로도 있는 법. 아담의 정신은 공방 근처의 세계를 유령처럼 부유했다. 어느 순간, 아담은 오래 잊고 있었던 사실을 하나 떠올렸다. 어렸을 적, 스승과 함께 마을에 내려갔을 때 물고기 상인이 들려준 이야기였다. 식량을 사러 가게를 방문한 스승은 가게 주인의 갑작스러운 호들갑에 약간 당황했었다.

  "아이구 공방주님, 며칠 안 보이셔서 걱정했습니다요. 혹시나 해변에서 화석 찾으시다가 붕괴에 휩쓸리셨을까 봐 말입니다."

"그게 무슨 말씀이신가?"

"아니, 북쪽 해변에 동굴 하나 있지 않습니까? 그 고래바위 근처에 말입죠. 그 동굴이 며칠 전에 탐험가들 때문에 무너져 내렸지 뭡니까!"

마을을 굽어보는 거대한 북쪽 절벽 위에는 오래전 무너져 내린 수도원이 하나 있었다. 악마의 고성 같기도 하고 시간 너머의 성채 같기도 한 그 장소는 온갖 전설과 비밀로 둘러싸인 신비의 장소였다. 마을에서 전해져 오는 이야기에 따르면 그 수도원 지하에는 봉인된 악신과 어마어마한 보물, 잊혀진 성유물이 숨겨져 있었다. 그리고 그 모든 보물이 숨겨진 미로와도 같은 수도원의 지하의 유일한 출구야말로 북쪽 절벽가의 동굴이라는 것이다. 탐험가들이 몇 년에 한 번씩 마을을 찾아와 난장판을 만드는 것도 바로 이 미로 때문이었고, 고식 교회에서 수도원 폐허에만큼은 아무도 못 들어가게 막는 것도 이 수도원 지하의 미로 때문이었다. 하지만 막으면 막을수록 기상천외한 방법을 찾아내는 탐험가들은 결국 북쪽 절벽가 동굴을 어떻게든 뚫고 들어가는 방법을 모색해 댔고, 그러다가 무언가 잘못되어 동굴이 무너진 모양이었다. 생선 가게 주인은 눈빛을 빛내며 다음 말을 이어 나갔다.

"그런데 그 탐험가들 말입니다. 동굴이 무너지기 전에 안에서 뭘 봤다지 뭡니까?"
"뭘 봤다고 하던가? 정말 보물이 있다고 하던가?"
"아니요! 그중 한 놈이 레비아탄의 사체를 그 안에서 봤다고 하더군요! 뭐 정확히 말해선 용처럼 거대한 뼈가 암벽 속에 갇힌 것을 봤다고 합니다!"

레비아탄은 머나먼 고대의 고래, 혹은 고래의 조상쯤은 되는 해양 생명체였다. 크기가 산보다도 더 크고 눈빛은 핏빛 루비처럼 붉어 그 이야기만으로도 공포가 되는 전설 속의 생물은 그 단단하고 아름다운 뼈로 세상에서 가장 값진 예술품을 만들 수 있다고 전해져 오기도 했다. 아담의 스승은 별다른 반응을 보이지 않았지만, 생선 가게 주인은 마치 '화석과 고래 뼈라면 당신이 의당 관심을 가져야 하지 않느냐.'라는 투로 말했다.

"레비아탄의 사체가, 아니 화석이 그곳에 있다면 분명 어마어마한 값어치를 지니지 않았겠습니까? 공방에서 평생을 써도 모자랄 어마어마한 양일 테니, 작품이 수백 점은 더 나올 테고요! 누구나 탐낼 만한 일이기에 혹시나 공방주님이 관심을 가지셨을까 싶었습니다."

아담의 스승은 '하지만 동굴이 무너졌다니 이젠 어쩔 수 없지 않겠소?' 하고 대수롭지 않게 대답하며 넘어갔지만, 어린 아담은 그때의 이야기를 경이하며 마음 한편에 담아두었다. 언젠가 공방의 대부흥을 일으키기 위해선 어쩌면 그 뼈가 필요할지도 모른다고 생각하면서 말이다.

그리고 그 뼈들이 필요한 순간이 지금 아담의 앞에 도래해 있었다. 십 수 년 전의 일이건만 그때의 기억이 지금 이토록 선명하게 되돌아온 것은 아담에게는 마치 어떤 계시이자 운명처럼 느껴지는 것이었다. 적어도 그날 밤, 위기로 가득한 아담에게는 그렇게 느껴지고 있었다.

·

  아침이 밝는 시늉을 하자마자 아담은 공방에서 가장 단단한 놋쇠 곡괭이 하나와 두툼한 가방을 챙겨 들고 공방을 나섰다.

  동굴은 무너져 내렸지만, 아담은 두 손으로 직접 파고들어 가서라도 스스로의 구원을 쟁취할 생각이었다. 아직 어슴푸레한 세상의 빛이 아담의 미래를 조금씩 축복하는 것만 같았다.

  재료를 찾으러 며칠씩 떠날 때면 늘 그래왔듯, 산비는 아담보다도 먼저 나갈 채비를 마치고 문 앞에서 기다리고 있었다. 또 한 번의 모험을 함께해서 기쁘다는 듯이 산비가 왕! 하고 짖어주면 아담의 마음에서는 외로움도 걱정도 모두 살짝 가시곤 했다. 아침 햇살과 저녁 안개가 섞인 것 같은 산비의 털을 어루만지며 아담은 힘차게 마을과 그 너머의 해변을 향해 출발했다. 공방의 언덕 위로 짙게 쌓인 눈이 아침 햇살에 부서지며 그들의 길을 축복해 주고 있었다.

하지만 막상 마을을 지나 북쪽 절벽에 도달하자 막막한 풍경이 엄습했다. 안개가 짙게 낀 해변은 검은 바위에 흐린 하늘이 반사되어 음산한 분위기를 풍기고 있었고, 절벽가의 바위들은 위태롭고 거대해 보였다. 화석을 캐러 하루 이틀 해변을 거닌 것은 아니었지만, 오늘따라 더 두렵고 외롭게 느껴지는 것은 그만큼 아담의 마음에 불안이 집요하게 파고들었기 때문이었다.

절박함 속에서 아담은 미끄러운 검은색 바위 위를 빠른 발걸음으로 질주했다. 썰물이라 바다가 물러난 지금이야말로 절벽 아래 해안을 탐색하고 동굴 입구를 뚫어낼 유일한 시간이었다. 저녁이 되어 다시 물이 밀려오면 겨울 바다와 절벽 사이에 갇혀서 그는 서서히 외롭게 죽어갈 수밖에 없었다. 아무리 외쳐도 누구도 들어주지 않을 이 외딴 해변에서 물속에 고립되는 것은 제아무리 그런 외로운 삶을 평생 살아온 아담일지라도 감당할 수 없는 일이었다.

산비는 희고 검은 털을 흩날리며 앞장섰고, 아담의 발걸음이 느려지면 잠시 기다려주거나 낑낑거리며 재촉해 주었다. 덕분에 아담이 붕괴한 동굴 입구에 도착한 것은 동이 터온 지 얼마되지 않은 시점이었다. 동굴 입구는 무너져 있었지만, 고작 해야 사람 머리통만 한 돌들로 메워져 있었고, 충분한 시간과 기술을 들인다면 어쩌면 치워낼 수도 있을 것 같았다. 그리고 돌을 깎아내고 다루는 것에 있어선 아담은 세상 그 누구보다도 능력이 있는 사람이었다.

약간의 희망을 느낀 아담은 집념으로 움직이기 시작했다. 쫓아오는 시간 속에 아담의 몸은 기계처럼 움직였다. 돌을 쪼개고, 담고, 움직이자 한겨울임에도 불구하고 땀이 흘렀고, 근육이 찢어지는 고통이 느껴졌으며, 아무도 도와주지 않는 삶에 대한 짙은 고독이 드리웠다. 이토록 무거운 돌을 이토록 절박하게 날라야 하는데 쓸 수 있는 손은 두 개뿐이라니. 유일한 친구라고 할 수 있는 산비는 멀리서 발에 턱을 괴고 앉아 아담을 지켜보기만 할 뿐이었다. 어차피 돌을 쪼개고 나르는 것은 손 있는 동물의 몫이지 발만 네 개인 동물이 도울 일은 아니었다. 산비의 절절한 눈빛과 꼬리 흔드는 응원 사이에서 아담은 돌들을 옮기고 또 옮겼다. 마치 먼 옛날 우공이 한 삽씩 떠서 마침내 산을 옮겼듯, 아담의 굳은 의지는 비록 느릴지언정 꺾이지 않고 동굴의 입구를 서서히 드러내고 있었다.

아담은 동굴 안에서 레비아탄의 거대한 기운을 마치 향기처럼 느낄 수 있는 것만 같았다. 아직 채 다 치워지지 않았지만, 돌들 사이에는 어느새 틈새가 조금씩 생겼고, 그 사이로 언뜻언뜻 전설 속 괴수의 붉은 눈빛이 새어 나오는 것 같은 기분 마저도 느껴질 정도였다. 아담은 광기에 가까운 그 희망을 부여잡았다. 저것만 있으면! 저 고대 생명체의 뼈만 얻는다면! 그 어떤 작품이라도 완성할 수 있고, 대대손손의 번영이 약속될 것이다. 아담은 그것이 자신의 본질이라고 생각했다. 성공하는 것. 그리고 자신에게 생명을 준 공방의 명예와 번영을 위해 자신을 희생하는 것. 본질을 지켜낼 수 있다면 이까짓 노동의 고통은 아무것도 아니었다. 자신의 삶의 의미를 지키고 능력을 증명하면서도 공방의 전통을 사수해 낸다면, 먼 훗날 저승에서 선사를 만나도 웃으며 칭찬받을 수 있을 것이 분명했다. 이 돌 하나만 넘으면, 하나만 더 치워내면, 그 너머에는 어두운 괴수가 그 앙상하고 화려한 뼈대를 빛내며 그에게 영원의 번영을 약속했다. 자신과 그 사이에 있는 돌무더기 하나만 더 치워내면 그 모든 것에 닿을 수 있을 것만 같았다. 하지만 그때, 굉음과 함께 세상이 무너져 내리기 시작했다.

위험을 먼저 감지한 것은 산비였다. 절벽 위에서 무언가 우르릉거리며 떨어지는 소리에 산비는 벌떡 일어나 경고의 의미를 담아 멍멍 짖었다. 하지만 온갖 사악한 것을 쫓아내는 그 파사의 울음소리도 무너지는 절벽과 떨어지는 돌들을 어찌할 수는 없었다.

아담은 잠시 머뭇거렸다. 혼신의 힘을 다한 그의 노동은 약간의 성과를 거두어 잘만 뛰어들면 동굴 안에 들어갈 수도 있을 것 같았다. 마치 환영처럼, 빛나는 고대의 뼈가 그에게 손짓하는 것만 같았다. 동굴 밖으로 피하는 것이 아니라 안으로 뛰어든다면? 어쩌면 목숨도 건지고 보물도 건질 수 있지 않을까? 하지만 그 욕심에 물든 찰나의 머뭇거림이 아담의 발목을 잡았다. 움푹 들어간 동굴 입구에서 빠져나올 수 있었던 그 찰나의 간극이 허황하게 소비되자, 무너져 내리는 절벽은 아담의 퇴로를 막았다.

아담은 몸을 날려 산더미 같은 돌에 깔리는 것은 간신히 피했지만, 동굴 입구의 돌벽과 새로 쏟아져 내린 돌더미 사이에 갇혀 옴싹달싹 못하는 신세가 되었다. 흙먼지가 기도를 틀어막아 숨쉬기도 어려운 와중에, 아담은 밖에서 산비가 큰일 났다며 왕왕 짖는 것을 들었다. 콜록거리며 아담은 말했다.

"가! 산비야! 가서 누구에게라도 쿨럭! 도와달라고 전해줘!"

하지만 마을에서도 한참 걸리는 이 외딴 장소에 누가 올 리가 없었고, 산비가 아무리 빠르게 뛰어간다고 해도 돌아올 때쯤이면 자신은 밀물에 익사하든, 더 무너지는 돌들에 압사하든 피치 못할 종말을 맞이할 것이 분명했다. 아담은 기식이 엄엄해지는 것을 느끼며 쓸쓸한 미소를 지었다. 이렇게 모든 것이 끝나는구나. 무엇 하나 이루지 못한 채 짧은 생이 그렇게 다할 것만 같았다. 점점 더 쌓여가는 흙무더기와 돌들 속에서 빛이 사라져가고 있었다.

그때, 창백하고 깡마른 손 하나가 어둠을 뚫고 들어왔다. 그 손은 정신없이 흙을 퍼내더니, 곧 커다란 돌 하나를 들어냈다. 작은 구멍 사이로 목소리 하나가 들려왔다.

"젊은 양반! 살아 있나!"

아담은 그 목소리를 잘 알고 있었다. 공방에 찾아왔던 노신사의 목소리였다. 공방에서는 싸늘하고 엄숙했던 노신사의 목소리는 아담이 놀랄 정도로 다급하고 애처로워 보였다.

"아니 이게 무슨 꼴이란 말인가! 대체 뭘 위해서 이런 위험한 짓을! 살아 있다면 제발 대답이라도 해주시게!"

아담은 가까스로 쿨럭이며 목소리를 내었다.

"사… 살아 있습니다… 도… 도와주십시오!"

노신사는 아담의 목소리를 들었는지 화색이 느껴지는 태도로 말했다.

"거 조금만 기다리시게! 멀지 않은 곳에 일행들도 있으니 내 금방 꺼내 주겠네! 이렇게 죽으면 개죽음이 따로 없으니 절대로 죽으면 안 되네!"

아담은 의식이 가물가물해지는 와중에도 헛된 미소가 입가에 떠오르는 것을 느꼈다. 이렇게 죽으면 개죽음이라니. 이게 다 저 노신사가 초래한 일이 아니란 말인가. 생각해 보면 자신의 삶에는 별다른 의미가 없는 것 같았다. 무엇이 본질인지 알 수가 없어서 스스로 마굴을 파고 들어가다 갇혀 죽는 형세였으니 말이다.

'이런 삶이라면 어떻게 죽어도 개죽음이 아니었을까.' 하는 생각을 마지막으로 아담의 생각은 깜깜해지고 말았다.

·

아담이 눈을 떴을 때, 그는 여관방 침대에 누워 있었다. 온몸이 멍들어 있고, 다리에는 부목과 붕대가 한데 칭칭 감겨 있는 걸 봐서 부러진 것 같았지만, 어쨌든 아직 살아 있는 셈이었다. 아담은 소리를 내려고 했고, 기괴한 콜록거리는 소리만을 간신히 내었다. 하지만 그의 발치에서 시름에 잠겨 있던 산비는 아담의 소리를 들었고, 기뻐하며 멍멍 짖었다. 산비의 소리를 들은 사람이 곧이어 방에 들어온 것은 당연한 수순이었다.

마을 사람들은 떼를 지어 들어와 아담에게 핀잔과 위로를 건네었다. 거길 그러고 간 것은 정말 멍청한 짓이었다는 둥, 운 좋게 목숨을 건졌으니 천신께 감사하며 살라는 둥, 마을까지 뛰어와 사람들 바짓가랑이를 붙들고 동굴까지 끌고 간 산비가 얼마나 대단했는지에 대한 칭찬과, 하마터면 이렇게 공방의 위대한 주인을 떠나보낼 뻔했다는 농담이 줄지어 오고 갔다. 마을 사람들은 우연히 근처를 산책하던 노신사와 그의 일행들이 시기적절하게 근처에 있던 덕분에 아담을 구할 수 있었으며, 덕분에 산비가 데려온 마을 사람들이 발굴 작업을 통해 아담을 구조해 낼 수 있었음을 들려주었고, 노신사가 얼마나 애를 태우며 아담을 걱정했는지에 대해서 들려주었다. 마을 사람들에겐 괴팍한 늙은이 정도로만 인식되었던 노신사가 어찌나 걱정했는지 아담의 친할아버지가 아닌지 의심할 정도였다고 말이다. 아담은 흙먼지에 잠긴 목이 채 돌아오지 않아 아무런 화답도 할 수가 없었지만, 그럼에도 조용한 미소로 그들 모두의 이야기를 듣고, 마음에 간직해 내었다. 마을 사람들이 부산스럽게 할 말들을 모두 마치고 떠난 뒤, 소란 뒤의 적막처럼 노신사는 조용히 아담의 방을 찾아왔다. 노신사는 차가운 눈초리로 아담을 쏘아보다가, 안타까움을 띈 목소리로 물었다.

"몸은 좀 어떠한가."

아담은 갈라지는 목소리로 대답했다.

"아직 죽을 팔자는 아닌 모양입니다."

노인은 노여운 목소리로 말했다.

"마을 사람들에게 들었네. 동굴에 들어가려고 했다지? 아마도 목적은 그 안에 있는 희귀한 고래의 뼈였을 것이고."

아담은 대답하지 않았지만, 침묵으로서 긍정했다. 노신사는 첫인상과는 어울리지 않는 불과 같은 매서움으로 그를 질책했다.

"어쩌자고 그런 짓을 했나? 설마 그런 것으로 작품을 만들면, 내가 만족하고 자네 스승이 만족했을 거라고 생각했단 말인가? 그게 무슨 특별한 뼈라도 되어서 목숨을 걸고 그런 짓을 한겐가!"

아담은 조용히 대답했다.

"그렇게라도 제 신념을 지키고 싶었을 뿐입니다."

그리고 그것은 아마 아담의 신념뿐만이 아니라 그의 스승의 신념이기도 했을 것이다. 노신사는 이글거리는 눈빛으로 아담을 쏘아보았지만 뭐라고 더 쏘아붙이지는 않았다. 젊고 늙은 두 예술가 사이에는 잠시 침묵이 흘렀다. 쓸쓸한 외로움과 격정적인 애정이 부딪히며 잠시 폭풍 같은 기류를 형성했다. 폭풍이 밀어닥쳤다가 흩어지기가 몇 차례일까, 노신사는 한숨을 푹 내쉬고 말했다.

"나는 살면서 무엇 하나라도 이루고 싶었네."

"알고 있습니다. 누군들 그러지 않겠습니까."

"그래서 수명이 다하기 전에 내 모든 것을 다 바친 이 작품을 완성하고 싶었지. 그 욕심에 사로잡혀서 내가 무슨 행동을 했는지 아는가? 더 고단하고 부단하게 외로워지려고 노력했다네."

아담은 아무 말도 하지 않고 노신사의 이야기를 들었다. 노신사 역시 나이 든 사람이 의당 그러하듯, 반응을 기대하지 않는 태도로 조용히 이야기를 해나갔다.

"나를 옭아매는 모든 부질없는 것들을 내려놓다 보면 스스로 본질에 가서 닿을 줄 알았네. 모든 욕망을 끊어내면 그런 게 가능할 줄 알았던게지. 부단히 끊어내고 잘라내면 오로지 의미 있는 것만이 남을 것이라는 생각이었네. 그렇게 해서 써낸 내 일생일대의 대작이 무엇인지 아는가?"

"알고 있습니다. 고대의 악마에 대한 공포스러운 이야기였죠. 말뚝으로 사람을 꿰어 죽이고, 밤이 되면 사람의 피를 마시는 불안과 악의 왕의 이야기가 당신의 것임을 스승님께 들은 바 있습니다."

"그렇다면 그 이야기가 어떻게 끝맺어졌는지도 아는가?"

아담은 그 이야기가 끝까지 다 쓰이지 못한 채 미완의 작품이라는 것을 알고 있었지만, 대답하지는 않았다. 노신사는 아담의 침묵을 나름의 배려라고 느꼈는지 곧 스스로 답을 건네었다.

"그 이야기는 끝까지 써지지도 못했네. 마침표를 찍을 수가 없었던 탓이지. 그 공포스럽고 잔인무도한 이야기는 나의 모든 것이었으나, 모든 걸 다 담아내지는 못했네. 그렇기에 아무리 노력해도 마침표를 찍어낼 수가 없었지. 다 담아내고 끝맺을 수만 있었다면 자네의 선사도, 자네도 괴롭히지 않아도 되었을 텐데 말일세."

노신사는 잠시 머뭇거리다가 덧붙였다.

"하지만 내가 자네를 찾아갔던 것은 이 되도 않는 이야기에 마침표를 찍어달라고 애걸복걸하러 갔던 것은 아닐세. 이야기를 완성시키기 위해 자네의 목숨을 초개처럼 던져 달란 뜻은 더더욱 아니었고 말이야."

아담은 그럼 대체 왜 찾아왔는지 눈빛으로 물었고, 노신사는 천천히 대답했다.

"모든 걸 잘라내며 한없이 잔혹한 이야기를 썼던 나는 그 결말에 이르러서야 이 이야기가 담지 못한 나의 모습을 깨달았네. 참으로 아이러니하게도 그건 자네의 선사에게 항의하기 위해서 이 마을에 찾아와서 생긴 일이었지."

노신사는 말했다. 다른 사람과의 연을 끊어내는 것을 업화 삼아 글을 써오던 자신은 이 마을에 와서 사람들과 어울리는 방법을 배웠다고 말이다.

촌스럽고 가볍지만, 진심으로 사람을 대하고 마음을 열어갔던 마을의 사람들에게 바늘로 찔러도 피 한 방울 안

나올 것 같았던 노신사는 천천히 감화되고 변화하기 시작했다.

"이곳에는 희망이 있었네. 사랑하여 끝을 맺고, 미워하여 용서하는 그 별빛 같은 희망이 이 마을과 사람들에게는 머물러 있었네. 나는 그 사실을 깨닫고 천천히 변화했지. 세상이 두려워 공포 속에서 썼던 글이, 세상과 가까워지며 조금씩 희망의 색채를 담아갔네. 하지만 자네의 선사도, 자네도 그 사실을 몰랐지. 이 보물 같은 마을을 가까이에 두고도 자네들은 선지자 같은 외딴 삶을 택했으니 말일세. 나는 그 사실에 대해서 안타까움을 느끼네."

노신사는 다시 한번 긴 한숨을 내쉬며 말했다.

"고래 뼈나 화석 따위에는 이 희망을 담을 수 없네. 차가운 바닷속 외로움의 산물에는 그에 걸맞은 의미가 깃들기 마련인 탓이네. 공포나 위압감, 혹은 신에게 대적하는 인간의 절망이 그 어두운 물속의 의미에 선명하게 깃들 수 있을

지는 몰라도, 찬란하고 반짝거리는 인간의 희망 같은 것은 잘 담기지 않기 마련일세. 나는 스스로도 희망을 담아 마침표를 찍고 싶었지만, 자네와 자네 선사에게도 마찬가지를 바랐을 뿐이네. 비록 자네의 스승은 뼈라는 본질 속에 갇혀 추구하지 못했지만, 자네라면 새로운 재료로 희망을 써 내려갈 수 있을지도 모른다고 생각했던 셈이지."

노신사는 허탈한 웃음을 지어 보이고 말했다.

"하지만 다 죽어가는 늙은이의 망령된 바람 때문에 자네가 목숨이 오고 가는 지경까지 갈 줄은 몰랐네. 사람과 어울릴 수 있는 끝없는 삶이 눈앞에 펼쳐져 있는 젊은이에 비하면, 내 작품의 완성은 별로 중요한 게 아닐세. 그건 꼭 알아줬으면 좋겠네."

늙은 노인은 그 다음 말만큼은 천천히, 영원에 닿을 듯 느리게 말했다.

"다만, 날 위해서는 아니더라도, 자네 본인을 위해서 새로운 시도를 해주기를 부탁은 해 보겠네."

노인은 더 이상 마왕 같거나 겨울을 휘두르는 악마 같아 보이지 않았다. 어느새 아담의 눈에 그는 마을과 하나가 된, 어느 시골의 노인 같았다. 아담은 그의 말을 마음에 새기며 부지불식간에 한 방울 눈물이 뺨을 타고 흐르는 것을 느꼈다. 노인은 부드럽게 말했다.

"차가운 바닷속 본질이 아닌, 사람이 사는 땅을 보아주게. 자네의 사부가 걸었던 길이 자네의 본질은 아닐세. 사람은 외로움으로만 완성되는 것이 아님을 부디 기억해 주길 바라네. 사람은 외로움 속에서도 희망을 싹 틔우며 살아가는 존재이니 말일세."

•

부러진 다리가 다 나을 때까지의 한 계절 동안 아담은 공방에 돌아가는 대신 작디작은 마을 여관방에서 살았다. 그리고 한없이 외롭고 고고하기만 했던 그의 삶은 여관에 머무는 내내 소란스럽고 우매하며 우스꽝스러운 사건들로 차올랐다.

여관집 고양이를 쫓던 산비가 간신히 아문 그의 다리 위로 펄쩍 뛰어 온 동네 사람들을 걱정하게 만든 일도 있었고, 꽃집의 아이니가 딸을 출산하여 '피어'라는 이름을 붙여 준 일도 있었다. 노신사가 술집에서 사소한 이유로 방앗간 막내 할아버지와 주먹다짐을 하는 바람에 부러진 다리를 질질 끌고 말리러 간 일도 있었고, 다음 날 두 주책바가지 늙은이가 뜻밖의 화해와 이해를 겪으며 절친한 사이가 된 것을 기쁜 눈으로 지켜본 적도 있었다. 노신사와 방앗간 집 막내 할아버지는 친해진 뒤로 궂은 날에도 맑은 날에도 함께 산책했고, 마을 모두에게는 그 모습이야말로 기쁨이자 축복이었다.

그렇게 겨울이 끝나가던 어느 날, 방앗간집 할아버지는

평온히 잠든 듯 이승을 떠났고, 노신사는 세상을 잃은 듯 하릴없이 울었다. 노신사의 눈에서 체통도 나이도 잊고 흘러나온 눈물은 산비조차도 하늘을 올려다보며 구슬피 울부짖게 만드는 것이었고, 하늘은 그에 감읍하듯 그해의 첫 봄비를 온 세상에 부슬부슬 내려주었다. 봄비를 맞으며 아담은 생각했다. 이제는 때가 된 것 같았다.

   그는 준비가 되어 있었다.

・

   봄이 마침내 도래하여 마을 꼭대기 언덕들이 온통 노란 꽃으로 물들 무렵에, 아담은 마침내 여관방을 떠나 오래 비워두었던 공방으로 돌아왔다. 곳곳에 먼지와 고래 뼛가루가 세월처럼 쌓여 있었지만, 아담은 집이자 터전이었던 이곳에서 비로소 자신의 의미를 찾을 수 있었다. 이곳이 그가 머물러야 할 곳이었다. 이곳이 아담의 삶이었고, 그의 의미였다. 그가 여생을 날 곳이 이 공방이라는 점은 변하지 않앉고, 그의 마음속에서 흔들리지도 않았다.

 하지만 아담은 그날만큼은 긴 시간을 공방에 멈춰 서서 보내지는 않았다. 밖에선 산비가 기다리고 있었고, 그가 공방에서 지금 당장 챙겨야 할 것은 곡괭이 하나뿐이었다. 동굴에서 잃어버린 놋쇠 곡괭이 대신 반짝거리는 철 곡괭이를 둘러멘 아담은 콧노래를 부르며 봄이 가득한 언덕으로 걸어 나왔다. 바다와는 반대쪽, 영원한 노래를 부르는 구릉이 자리한 마을 너머의 황야를 향해서였다.

 비록 아무도 없이 텅 빈 황야였지만, 봄을 담은 노란색 가시덤불 꽃들은 말없이 아담을 반겼다. 그는 외로웠지만, 동시에 마음 한가득 다른 이들을 담았기에 평온하게 외로울 수 있었다.

 저 멀리 마을에서는 축제라도 열리는 것인지 시끌벅적한 노랫소리와 사람들의 탄성이 들려왔다. 문득 아담은 이곳에 있다는 것이 얼마나 행복한 일인지에 대해서 생각했다. 산비는 노란 황야를 먼저 휘달려 나가 돌풍을 일으키고 있었다. 꽃바람이 휘날리는 멋진 발걸음이었다. 앞서 나간 산비는 어서 오라고 왕! 하고 짖었고, 아담은 이 외로운 행복이야말로 자신의 본질이라고 생각했다. 그래서 아담은 황야의 한가운데에서, 철 곡괭이를 휘둘러 땅을 두드리기 시작했다. 첫 호흡에는 퍼석, 하는 흙이 깨지는 소리가 났지만, 두 번째와 세 번째 호흡을 거듭하자 철과 철이 부딪히며 짜랑! 하는 맑은 소리가 들려왔다.

 별이 떨어진 곳, 희망이 묻힌 자리. 그곳에는 별철이 노란 꽃처럼 흙에 뿌리를 묻고 자랐다. 아담은 천천히 곡괭이를 휘둘렀다. 한 번 휘두를 때마다 별철의 표면이 깨지며 마을 사람들의 고마운 얼굴이 마음속에 그려지는 것만 같았다. 이 넓은 황야에서 그는 동굴에 갇혔을 때보다도 더 홀로였지만, 그 어느 때보다도 외롭지 않았다.

 그는 별철을 두드리기 시작했다. 별을 철이 두드리는 맑은 소리가 울리자 외로운 황야에 불꽃 같은 행복이 노을처럼 빛을 드리웠다. 그것은 뼈도 본질도 아니지만, 반짝거리는 의미를 담고 있었다. 그리고 아담은 그것을 노신사가 무엇이라고 불렀는지 누구보다도 잘 기억하고 있었다.

'희망이었지.'

 땅속에서 새하얗게 빛나는 별철이 깨어지며 마침내 아담의 의미가 꽃을 틔우기 시작했다. 마침내 노신사와 아담의 이야기는 그 마침표를 향해 달려가기 시작했고, 새로운 이야기 하나가 그 순간에 싹을 피워 내었다. 그 뒤로 헤아릴 수 없는 시간 동안 더없이 기묘하고 신기 망측한 이야기들을 써 내려가 수많은 사람에게 경의와 경악을 초래했던, 고래집 공방만의 별철 만년필의 역사가 시작되던 순간이었다.

쥐
꼬
리

왕은 두려웠다. 주변국들은 날이 지날수록 강성해졌고, 그는 노쇠했다. 그는 매일 밤 악몽에 시달려야만 했다. 왕궁이 불타고 국민들이 비명 지르는 꿈이 그의 밤을 어둡게 물들였다. 결국 왕은 어느 날 강철 같은 의지로 중대한 결단을 내렸다. 강력한 후계자가 필요한 순간이었다. 그 누구도 감히 넘보지 못할 강한 지도자를 키워내지 않으면 그도 나라도 미래를 꿈꿀 수 없었다. 그래서 그는 재상을 불러들여서 물었다.

"강한 후계자를 키우기 위해선 어떻게 해야만 하오?"

그러자 재상은 공손한 자세로 대답했다.

"호랑이가 새끼를 벼랑에서 떨어트리듯, 옥석을 가리기 위해서 공성추로 두드려봐야 하듯, 그들을 시험해 봐야만 합니다."

왕은 고리눈을 부릅뜨고 물었다.

"무엇으로 그것을 시험할 수 있소?"

재상은 가늘게 웃으며 말했다.

"범 새끼는 가둬 두어도 우리를 박차고 나오는 법. 모두 모아 어두운 뒤주에 가둬 두시면 분명 그중 후계자가 가려질 것입니다."

그래서 왕은 왕자들을 뒤주에 가두었다. 그는 분명 왕자들을 사랑했지만, 노쇠해 가는 자신과 멈추지 않는 국가에 대한 대책이 더 중요했다. 왕자들은 각기 다른 열두 명의 어머니 밑에서 자란 비상한 준재들이었다. 노래를 잘하는 이가 있는가 하면, 용도 사냥할 정도로 용맹한 이가 있었고, 제비를 돌볼 정도로 착한 이가 있는가 하면 고양이와 외교를 할 정도로 똑똑한 이도 있었다. 왕자들은 말투도 생김새도 재능도 모두 달랐고, 왕은 그들이 다르기 때문에 더욱 사랑했다. 그럼에도 그들을 뒤주에 가두는 것을 망설이지는 않았다.

 열두 명의 비상한 아이들은 무슨 일이 일어나는지조차 눈치채지 못한 채 우물보다도 자그마한 공간에 밀어 넣어졌다. 왕은 재상의 말을 굳게 믿고 있었다. 그것만이 유일한 방법이라고, 그렇게 사투하지 않고서야 미래를 꿈꿀 수 없다고 말이다. 그러지 않고서는 자신 안에서 자라는 끔찍한 자괴감을 달랠 수가 없었다. 이 끔찍한 사회에서 살아남기 위해선 왕자들조차도 송곳니 하나쯤은 지녀야 했다. 뒤주에서도 나올 줄 모르면 모두가 잡아먹으려고 드는 세상을 살아남을 수가 없었다.

 좁디좁은 뒤주에 갇힌 열 두명의 아이들은 아우성을 내

질렀다. 한 몸 펴기도 어려운 구석에 열두 명이나 되는 아이들이 들어갔으니 당연한 일이었다. 끔찍한 비명과 흔들림이 마치 담쟁이덩굴처럼 서로에게 얽혀 들었고, 끔찍함을 해결하기 위해 조금이라도 움직이면 다른 아이의 몸뚱이가 허파와 심장과 위를 짓눌렀다. 비명 위에 비명이 겹치고, 손 위에 얼굴이 겹치고, 배 아래에 다리가 겹치며 모든 것이 어둠 속에서 끔찍하게 얽혀 들고 있었다. 손에 잡히는 것이 머리카락인지 호흡인지 생명줄인지 목줄인지 알 수 없는 상황에서 왕자들은 서로에게 매몰되었다. 왕은 거대한 옥좌에 앉아 그 모든 것을 쉬지 않고 지켜보았다. 밤이 오면 횃불을 켰고, 아침이 오면 그 앞에서 밥을 먹었다. 그는 두렵고 기쁜 마음으로 이 모든 과정이 끝나면 태어날 위대한 후계자를 기다릴 수 있었다. 저 끔찍한 마굴에서도 탈출한 아이라면 분명 특별하고 대단한 재능을 지닐 것이 분명했다. 왕은 비명 소리가 커질 때마다 피처럼 붉은 와인을 마시고, 신음 소리가 잦아들 때마다 잘 구워진 돼지 껍질을 먹었다. 왕은 고통으로 가득했지만 모든 것이 순조롭다고 믿었다. 간절한 만큼 온 우주가 도울 것이라며, 왕은 눈을 부릅뜨고 그 모든 것을 지켜보았다.

   12번째의 밤이 지나고 13번째의 날이 밝기 직전, 아이들의 비명은 호곡성처럼 낮고 길게 울려 퍼졌다. 끊길 듯 끊기지 않는 고통의 메아리가 왕궁을 장악하듯 짓누르는 순간이었다. 그 좁은 공간에서도 그들은 살아 있었으며, 그 작은 공간에서도 그들은 죽지 못했었다. 몸 비비고 꿈틀대는 것 말고는 할 수 있는 것이 없는 공간 속이기에 그들은 꿈처럼 태동했고, 서로 얽히고설켜서 구분이 안 가는 끔찍함 속에서 그들은 숨을 쉬었다. 들숨과 날숨이 하나 되고 서로의 테두리와 경계가 무너지기에 그들은 다만 비명으로 존재할 수 밖에 없었다. 열두 개의 가냘픈 비명들이 달도 없는 밤의 공포를 밝혔다. 그리곤 비명 소리가 서서히 잦아들기 시작했다. 폭풍이 피리 소리 앞에서 잦아들 듯이 열두 개였던 소리는 열한 개로, 열 개로 서서히 줄어들었다. 왕은 미동도 않은 채 옥좌에서 그 모든 것을 지켜보았다. 비명소리는 아홉 개가 되고 세 개가 되고, 곧 하나로 합쳐졌다. 그것은 존재가 소실되는 끔찍한 소리이기보다는,

서로가 스미어 합쳐지는 투과의 장면과도 같았다. 왕은 왕좌를 박차고 일어나 뒤주를 뚫어져라 쳐다보았고, 하나로 합쳐진 울음소리는 천지신명을 떨어 울릴 것 같은 거대한 소리로 승화했다. 갓난아기의 비명처럼, 태고의 밀어나 진언처럼, 세상이 그 소리에 함께 울리고 있었다. 왕은 두 손을 부들댈 정도로 기대에 차서 뒤주를 바라보았다. 거대했던 울음은 세상을 다 채우고, 또 채우고, 다 채워 메우자 다시 찬찬히 사그라들었다. 마치 여름밤의 모기 앵앵거리는 소리처럼, 그것은 점점 작아지고 더 작아져서, 어디 있는지조차 모르겠지만 신경 쓰일 정도가 되어, 결국 완전히 잠잠해졌다. 왕은 실성한 사람처럼 버선발로 달려가 알을 깨듯이 뒤주를 깨서 열었다. 그러자 그 안에는 벌거벗은 한 청년이 웅크린 몸을 기지개처럼 폈다. 마치 아홉 명의 아이가 한 사람으로 합쳐지기라도 한 듯, 청년은 기이한 광채로 빛났다. 왕은 청년의 어깨를 붙들며 외쳤다.

"아들아! 네가 나의 진정한 후계자구나!"

청년은 마치 잠에서 깨듯 부스스 일어나 어두운 빛의 눈동자를 빛내며 말했다.

"아버지. 저는 당신의 아들이 아닙니다."

왕은 놀라기는 했지만 당황하지는 않았다. 이 모든 고난을 겪고 태어난 아이가 범상한 존재일 리 없었다. 그래서 왕은 그에게 물었다.

"그렇다면 너는 누구의 아이이더냐."

그러자 청년은 대답했다.

"저는 모두의 아이입니다."

그리고 그건 정녕코 사실이었다.

청년은 부스스 일어나 용포를 입었다. 그리곤 주변국과의 원한 관계를 끝낼 전쟁 아닌 전쟁을 시작했다. 그렇게 모든 것이 시작되었다.

•

청년이 가장 먼저 한 일은 어머니들을 찾아가는 것이었다. 그에겐 열두 명의 어머니뿐만이 아니라 수천수만의 어머니가 있었다. 길에서 마주치는 여성들에게 마다 그는 말했다.

"어머니, 저는 당신의 자식입니다."

그러면 모든 어머니들은 눈물을 흘리며 말했다. 그 말이 맞다고, 너는 나의 배 아파 낳은 자식이라고. 나는 너의 모든 것들을 뼛속들이 다 알 수 있다고 말이다. 그 뒤에 청년은 다시 그 여성들에게 말했다. 저는 당신의 오라비입니다. 남동생이자 지아비이요, 불구대천의 원수입니다. 그러면 그 여성들은 다시 눈물을 흘리며 말했다. 그 말이 맞다고, 너는 나의 남동생이자 지아비이며 불구대천의 원수라고, 그래서 우리는 피를 나누고 시간을 나누고 생명을 나누며 함께 살아갔다고 말이다. 잃어버렸던 무언가를 되찾는 것 같은 기분을 선사하며 청년은 끊임없이 나아갔다.

청년이 그 뒤에 한 일은 스승들을 찾아가는 일이었다. 어렸을 적 글을 가르쳐준 스승부터 시작하여 피아노나 태권도 같은 기술들은 물론, 사람을 대하는 방법이나 사랑을 하는 방법을 알려준 위대하고 고매한 선현들을 찾은 그는, 머리를 읊조리며 말했다.

"스승님, 저는 당신의 제자입니다. 저는 당신으로부터 배워 제가 되었습니다."

그러면 그 스승들은 손을 따스히 붙잡고 대답했다. 그 말이 맞다고, 자신의 모든 것을 흡수하여 새로운 것이 된 너는 나의 가장 큰 자랑거리라고 말이다. 그러면 그는 손을 놓고 다시 이야기했다.

"저는 당신의 가르침입니다. 당신의 깨달음이요, 당신의 진리입니다. 당신이 알던 모든 것은 나로부터 비롯되었고, 나에게서 설파되었습니다. 제가 당신의 지식이요 신앙입니다."

그러면 스승이었던 모든 것들은 두 손을 포개어 맞잡고 대답했다.

"맞습니다. 제가 당신의 제자입니다. 저는 당신이 있기에 제가 될 수 있었습니다."

그들은 열두 제자가 선지자를 대하듯, 또는 보리수나무 앞에서 설법을 듣듯 청년의 모든 것을 존경하고 받아들였다. 청년은 마지막으로 왕들을 찾아갔다. 높다란 왕관을 쓴 고고하고 잔인한 수많은 남성과 여성들 앞에 서서 청년은 망설임 없이 말했다.

"폐하, 제가 당신의 왕자입니다. 정당한 후계자이자 아들이요, 세상을 가져다줄 딸이자 미래입니다. 당신의 모든 것이 저로 인해 완성됩니다."

적국의 왕도, 경쟁국의 여왕도 모두 그의 손을 잡았다. 그들의 의심은 처음부터 존재하지도 않았다. 그저 한 번 바라보는 것만으로도 그들은 자신과 똑 닮은 혈육의 정과 살갗을 알 수 있었다. 피 터지게 싸워왔던 모든 이유가 한 번에 사라지는 것을 느끼며 그들은 청년을 품에 안았다. 그리곤 외쳤다.

 "네가 정녕 나의 아들이자 딸이로구나. 네가 정당한 후계자이며 미래이구나. 나는 너를 오래도록 기다렸다."

 청년은 왕과 여왕들의 모든 것을 다 알아서 그들에게 조곤조곤 이야기를 들려주었다. 어렸을 때 받은 상처와 자기 자신을 이루는 아주 작고 날카로운 조각들까지. 청년은 그들과 연결되어도 너무나도 연결되어 있어서 마치 한 줄기에서 자란 나무 같았고, 꼬리가 엮인 동물 같았다. 알려고 노력하지 않아도 모든 것을 알 수 있는 존재를 거부할 수 있는 방법은 없었다. 마치 뒤주 안에 얽혀 하나가 된 것 마냥 모든 왕과 여왕은 청년을 받아들였다. 그러자 청년은 다시 한번, 그리고 마지막으로 말했다.

"당신들은 제 권속입니다. 피조물이자 돌보아야 할 대상입니다. 당신들께서 저의 백성이고 제가 여러분의 주인입니다. 여러분의 모든 것이 저이기에, 여러분들은 저를 섬겨야 합니다."

 청년은 모든 것을 알았고 모든 것과 이어져 있었다. 그가 모르는 것은 하나도 없었고, 그가 닿지 않은 것은 아무것도 없었다. 마음속 깊은 곳에도, 혈육과 가문으로만 이어진 견고하고도 비밀스러운 접점들에도, 청년은 모조리 다 닿아 있을 수밖에 없었다. 그는 정녕코 모두의 자식이자 부모이며, 왕이자 후계자였다. 하지만 그런 그도 몰랐던 것이 하나는 있었는데, 그것은 닿아 있다 하여 미워할 수 없는 것은 아니라는 사실이었다. 세상은 청년을 통해서 하나로 이어졌고, 그래서 청년을 사랑하고 존경했다. 하지만 세상은 청년을 통해서 하나로 이어져야만 했기에 또한 청년을 미워하고 증오하게 되었다. 그래서 잠시나마 찾아 들었던 온전한 평화가 곧 흔적 없이 사라지고 말았다. 사람들은 청년과 이어져 있는 느낌은 사랑했지만, 청년을 통해 타인

과 이어지는 것은 견딜 수 없어 했다. 적국의 왕은 경쟁국의 여왕과 자식이 같다는 점에 구토감을 느꼈고, 아주 많은 어머니들은 자식을 빼앗긴 것 같은 질투심에 분노를 불살라 올렸다. 상인들은 물려줘야 할 것들을 서로에게 감추었고, 스승들은 전파해야 할 지식을 숨겼으며, 제자들은 스승에 대한 존경심을 잘게 찢어 바람에 흩날렸다. 세상은 하나로 연결되어 있었지만, 다시 시기와 질투와 분노로 얼룩지고 있었다. 사람들은 하나이고 싶지 않아 했다. 그들은 싸우고 투쟁하고 서로를 상대로 여겨 노력하며 비참함의 탑을 오르고 싶어 했다. 청년이 하나로 만들어 버린 세상은 끝도 없는 적막한 평지라 모두가 모두의 아들이고 딸이며 부모이자 왕인 서글픈 곳이었다. 그래서 그곳의 주인은 아무것도 아니었다. 사람들은 곧 서로를 미워하고, 청년을 미워하기 시작했다.

  다시 전쟁이 발발하던 날, 그래서 부모가 자식을 죽이고 제자가 스승을 죽이며 왕이 왕자를 죽이기 시작하던 날, 청년은 다시 왕궁의 정원을 찾았다. 세상은 그가 뒤주에서 나오기 전과 달라진 것이 없는 것 같았다. 사람들은 이제 서로와 온전하게 연결되어 있었지만, 그럼에도 불구하고 서로 잡아먹지 않고서는 아무것도 할 수가 없었다. 그는 멍하니 잿빛 하늘을 올려다보았고, 한 발자국씩 움직여 다시 원래의 장소로 되돌아갔다. 멀리서 화가 난 군중의 소리가 들려오는 것 같았다. 청년을 잡으면 한 조각씩 뜯어서 먹을 사나운 군중이었다. 청년의 피는 축제의 음료가 될 것이고 청년의 살은 그들을 배불릴 빵이 될 것이었다. 그렇게라도 그들은 모두 하나였으며, 하나인 것을 견딜 수 없는 존재였다.

청년을 물끄러미 바라보던 왕은 알았다. 후계자라는 것은 없다는 것을, 부모도 자식도 없고, 제자도 스승도 없으며 모든 것은 순환이라는 것을 깨달았다. 그래서 왕은 마침내 두렵지 않을 수 있었다.

왕궁을 크게 울리는 왕의 웃음소리를 들으며 청년은 천천히 뒤주로 걸어 들어갔다. 그리곤 스스로 못 박아 자신을 태곳적의 평온 속으로 가두었다. 그러자 세상을 크게 울리던 북소리도, 고통을 잡아먹으며 커지던 함성 소리도 모두 잦아들었다. 그리고 그 고요 속에서 청년은, 마침내 길게 미뤘던 꿈을 천천히 꾸어 나가기 시작했을 뿐이다.

금강령

금강산은 술렁이고 있었다. 고요하기 이를 데 없던 일만 이천 개의 봉우리가 오늘만큼은 모두 거대한 소란에 휩싸여 축제가 일어난 것만 같았다. 산의 기운이, 영기가, 그 영령들이 세기에 한 번 있을까 말까 한 군웅할거의 모임을 열던 탓이었다.

 금강산 안에서도 가장 영험한 구룡폭포의 물줄기 너머에는 인간들은 알 수 없는 야트막한 분지가 펼쳐져 있었다. 아직 사람의 발걸음이 채 닿지 못한 그곳 신비한 공터에는 너른 바위와 세월을 넘나들며 자라나는 신령스러운 소나무들이 마치 광장을 둘러싸듯 자리를 잡은 곳이었다. 여느 때였다면 기껏 해 봐야 까치들의 수다 장소, 혹은 호랑이들의 낮잠터 쯤이나 되었을 그 공터는 지금 이 순간만큼

은 숨도 내쉬기 어려울 정도로 강대하고 강렬한 기운들이 그 기세를 내뿜고 있는 장소가 되어 있었다. 모임, 집회, 그 어떤 이름을 붙여도 좋았다. 100년에 한 번 있을까 말까 한 영령들의 집단행동은 기가 약한 존재는 숨을 쉴 여유조차 허락받지 못할 만큼 강하게 공간을 장악했다. 오래되고 강맹한 신령들과 산군들은 터럭바위들에 그 몸을 기대었고 아직 채 영글지 않은 영령과 지괴들은 소나무에 위아래로 옹기종기 모여 앉았다.

  기기묘묘하고 예측 불허한 정령들은 나무뿌리 사이에, 때론 높은 소나무 가지 위에 매달려 있는 방식으로 공간을 점했고, 음지의 그림자와 덤불들 사이에는 괴이한 일부 망령들마저도 언뜻 보이는 것만 같았다. 아직 회동은 정식으로 시작하기 전, 모두의 얼굴에는 비장함과 긴장감이 맴돌았지만, 그곳에서 가장 어린 영령들이 모여 있는 작은 소나무 아래에서는 소곤소곤 시끌벅적 이야기가 오고 가고 있었다. 새하얀 양 갈래 머리에 온순한 표정을 한 어린 영령은 옆에 있던 다른 령을 콕 찌르며 말했다.

"얘, 너는 어디 산에서 왔니?"

옆구리를 찔린 오동통하고 반짝이는 눈을 가진 꼬마 영령은 화들짝 놀라며 말했다. 마치 수달처럼 폴짝 뛰는 모습이 유달리 귀여운 영령이었다.

"산이라니! 어떻게 그런 모욕적인 말을! 나는 옥류천의 하백이란 말이야!"

새하얀 갈래머리 영령은 머리를 긁적이며 말했다.

"옥류천? 그런 하천도 있었어? 나는 처음 들어 보네! 하백치곤 되게 꾀죄죄해서 몰랐지 뭐니 얘! 토백이나 풍백인 줄 알았지."
"하! 내가 어딜 봐서 그 촌스러운 토백들이나 앞뒤 분간 못 하는 멍청한 풍백들처럼 보인다는 거니!"

옥류천 하백의 앙칼진 말에 소나무 가지에 매달려 있던

어린 풍백들 사이에서 웅성웅성 소란이 일었지만, 그들은 곧 꺄르르 웃으며 다른 가지로 날아가 버렸다. 나이 든 원로 신령들은 그 모습을 보며 끌끌 혀를 찼다.

'쯧쯧! 어린 풍백들이란! 예나 지금이나 가볍고 줏대가 없는 것은 변함이 없구나!'

새하얀 양 갈래 머리 영령은 배시시 웃으며 사과의 말을 건네었다.

"내가 미안해. 내가 산 밖으로 나간 적이 없어서 아는 게 없지 뭐니!"
"그래? 넌 어느 땅의 영령인데?"
"나는 어디 땅이나 물줄기의 주인도 못돼! 그냥 사부님 따라서 모임 나왔지 뭐."
"어디 이름 있는 땅의 영령도 아닌데 이 자리에 나왔다고? 사부님 존함이 어떻게 되시는데?"
"우리 사부님? 아 저기 나오신다!"

순한 양 같은 어린 영령의 손가락 끝이 가리키는 곳에는 늙은 신령 한 명이 천천히 그 자태를 드러내고 있었다. 아주 느린 발걸음이지만, 그 공터에 있던 그 누구도 그 형체를 정확히 포착하지 못할 만큼 신기 망측한 움직임이었다. 몇몇 강대한 신령들의 눈에 이채가 서렸고, 어린 영령들마저도 수다와 숨을 멈추고 원숭이처럼 생긴 늙은 신령에게 시선을 집중했다. 천지를 떨어 울릴 온갖 영령들의 시선이 한군데에 모여들자 마치 질식할 것만 같은 어마어마한 기운이 공터에 첩첩이 쌓였지만, 늙은 신령은 마치 나무 그늘 사이를 헤치는 원숭이 마냥 모든 것을 부드럽게 흘려 보내며 천천히 걸음을 걸었다. 열두 발자국의 신묘한 발걸음으로 공터 중앙에 도착한 나이 든 신령은 길고 부드러운 수염을 쓰다듬으며 말했다.

"사해의 동도 신령 영령 여러분을 모시게 되어 영광이오. 본 령은 오늘 집회의 주재를 맡은 금강 비로봉의 주인이오."

금강산의 비로봉이라 하면 위대한 태백산맥의 아홉 개의 주봉 중에서도 가장 영험하며, 그 주인으로 말할 것 같으면 지혜롭기가 바다의 용왕과 같고 신묘함이 상고시대의 대정령들과도 같다고 전해지는 오래된 영령이었다. 옥류천의 어린 하백은 그 소개를 듣고 소스라치게 놀랐다. 자기 앞에서 별것 아닌 것처럼 헤실헤실 웃는 실없는 영령이 비로봉의 늙은 신령의 제자라니! 비로봉의 늙은 신령은 용과 봉 같은 세 준재를 제자로 받아들여 엄히 길러내는 중인 것으로도 잘 알려져 있었다. 비록 비로봉의 제자들은 어느 산자락의 신령 자리를 내려 받거나 하지는 못했지만, 그 신묘함과 재능이 엔간한 산맥의 주인들보다도 빼어나다고 널리 알려져 있었다. 모르면 몰라도 옥류천 같은 작은 물줄기에게 무시당할 만한 영령은 아니었기에, 옥류천의 수달 같은 하백은 땀을 뻘뻘 흘리면서 말했다.

"비로봉 신령님의 제자시면… 여기 계시면 안 되잖아요…? 얼마든지 상석에 가실 수 있을 텐데…?"
"갑자기 왜 존댓말을 하고 그러니? 난 사부님의 놀라운 첫째 제자도 아니고, 기기묘묘한 둘째 제자도 아니고, 그저 재간둥이 막내일 뿐이니까 아까처럼 편하게 대해 주렴! 기라성 같은 우리 사형과 사저에 비하면 난 둔재에 불과하거든. 그리고 보렴! 어마어마한 분들이 많이 오셨어! 나 같은 게 사부님 명성을 등에 업고 한자리 차지했으면 분명 욕 먹었을 거야!"

아닌 게 아니라 분지를 빼곡하게 채우는 신령과 영령 중에는 그 이름만으로도 하늘의 신장들과 땅의 악마들을 사시나무처럼 떨게 할 만한 위대한 존재들이 많았다. 지혜롭기 그지없다는 신선봉의 신령이 고운 비단 치마를 입고 한쪽에서 자애로운 미소를 짓고 있는가 하면, 저쪽 그늘에서 맹포한 기운을 이글거리며 호랑이 같은 광망을 빛내고 있는 것은 말로만 듣던 지리산 천왕봉의 주인이 분명했다. 용과 같은 신비함을 지닌 채로 긴 수염을 쓰다듬고 있는 섬진강의 하백과 강인하고 충직하기로는 저 현무왕과도 비견된다는 두만강의 강대한 쌍둥이 하백들은 어린 영령들을 질식시킬 것만 같은 무시무시한 기백을 뿜어내고 있었고,

삽살개를 닮은 인왕산의 무시무시한 터주와 누구보다도 심계가 깊다던 월곡산의 여우 같은 신령은 그 강대한 기세에도 불구하고 상석을 차지하지 않은 채 그늘에서 눈빛만 빛내고 있었다. 감히 어린 영령들이 엉덩이를 붙이고 앉기조차 민망한 위세였기에, 설령 비로봉주의 제자라고 해도 아직 이름도 채 알려지지 않은 막내 제자라면 좋은 자리를 잡기는 어려운 모양새가 맞았다. 옥류천의 어린 하백은 그 말에 동의하기는 하는지라 저도 모르게 고개를 끄덕였다.

"그렇긴 하네. 정말 무서운 분들이 많이 오셨어. 그런데 넌 이 거대한 모임이 왜 열린지 아는 거야? 나는 동네 아저씨 아줌마들이 꼭 가야 한대서 얼떨결에 오기는 했는데 아직 무슨 일인지 하나도 모르거든."

비로봉주의 막내 제자는 갓 태어난 어린양처럼 눈을 동그랗게 뜨고 말했다.

"아니? 오늘 무슨 안건을 위해 이렇게 모인 건지 정말 아무것도 모르고 왔단 말이야? 오늘이 바로 인간들에 대해서 결정을 하는 모임이잖아!"

"인간들?"

하지만 양이 대답하기 전, 공터 중앙의 늙은 산신령에게서 좌중을 장악하는 폭발적인 기세가 터져 나왔다. 말은 부드러웠지만, 그 안에는 분지 사방에 울려 퍼지는 힘이 목소리에 실려 있었다.

"이토록 많은 신령님과 지괴 영령분들이 한자리에 모이신 것은 아마도 상고시대 이후로 처음일 것이오. 영험하고 강대한 산과 강의 주인들이 이렇게 한자리에 모이신 걸 보니, 이 늙은이의 마음에는 경탄과 경이가 서리외다."

비로봉의 나이 든 신령은 그 지점에서 잠시 말을 끊고, 착잡한 눈빛으로 다시금 탐스러운 그 수염을 어루만졌다. 그가 말을 다시 시작했을 때는 엄중함과 함께 약간의 두려움과 슬픔이 어조에 서려 있었다.

"이미 모두 알고 계시겠지만, 우리가 오늘 이 자리에 모인 것은 함께 상의하고 대비해야만 하는 일이 생겼기 때문이오. 몇몇 영령분들께서는 이미 알고 계시겠지만, 인간들이 오고 있소. 큰 징과 마차 가득 소 피를 싣고, 꽹과리와 북을 울려대며 지금 이 순간, 이곳 금강산의 영지로 진군하고 있는 것이오."

  좌중은 엄청난 소란으로 가득 찼다. 몇몇 영령들은 "그게 사실인가요?" 하고 소리를 쳤고, 어떤 이들은 그럴 리가 없다며 고개를 절레절레 저었다. 겁에 질린 이들이 있는가 하면 호전적으로 눈빛을 불태우는 이들도 있었다. 모두가 한마디씩 보태려 드는 통에 집회는 아수라장이 되기 일보 직전이었다. 비로봉의 늙은 산신령은 그 순간 발을 부드럽게 굴렀다. 그 부드러운 동작 속에는 태산마저도 허물 힘이 담겨있어서 우르릉거리는 소리와 함께 분지가, 땅이, 산봉우리가, 산맥이 진동을 하기 시작했다. 그 거대한 힘이 휩쓸고 지나가자 공터에는 다시 조용함이 찾아들었다. 비로봉의 늙은 신령은 말했다.

"방금 드린 말은 모두 사실이오. 본인을 비롯한 태백산맥의 아홉 봉우리의 주인들이 이미 사실 확인을 마쳤소."

비로봉의 신령은 몸을 가다듬고 말했다.

"인간들이 오고 있는 이유는 하나요. 그들은 지독한 살굿을 준비하고 있소. 이미 3,000년의 대계를 지낸 천유곡의 정기가 그들에 의해 끊겼고, 남해를 아우르던 망운산의 기운이 흔적도 없이 말살되었소. 저 악독한 자들은 이번에는 백두대간의 척추인 태백산맥의 기운을 끊어내기 위해서 이곳으로 오고 있는 것이오."

그 말에 두만강의 쌍둥이 하백 중 형인 을지소가 손을 번쩍 들고 외쳤다.

"하지만 인간들이 왜 그런 짓을 한단 말입니까? 그들이 발 딛고 사는 땅의 기운을 멸살하는 것이 그들에게 대체 무슨 도움이 된다는 말입니까?"

그러자 좌중에서는 '원래 인간이란 악독한 존재요!'부터 시작해서 '흥미 삼아 그러는 것이 아니겠소? 내 아우도 인간들의 손에 비명횡사하고 말았소!'에 이르는 각종 원한에 사무친 외침들이 들려오기 시작했다. 비로봉의 늙은 신령은 슬픈 눈빛으로 좌중에게 대답을 건네었다.

"동도들께서는 모두 300년 전 무해곡의 요왕이 인간 하나를 자신의 터에 받아들였던 것을 기억할 것이오. 신지 중의 신지라고 할 수 있는 무해곡에 처음으로 인간을 들이는 것이라 당시에도 논쟁이 크게 오고 갔지만, 종잡을 수 없는 요왕께서는 마음에 한 가닥 자비를 품으시어 만삭의 인간 여인을 무해곡에 들이셨소."

그러자 어느 영령이 외쳤다.

"기억합니다! 개경 왕씨 가문의 마지막 여식이었지요!"

비로봉의 신령은 엄중히 고개를 끄덕이며 말했다.

"그렇소. 그 여인은 위대한 용들이 세웠던 왕씨 가문의 마지막 후손이었소. 아마도 요왕께서는 선친이신 청룡왕 때문에라도 그녀를 받아들이실 수밖에 없으셨을 거요. 비록 인간과 얽힘을 금하는 법률이 그때도 없었던 것은 아니나, 용들이 직접 약조한 인간들에게는 약간의 예외가 적용되던 때였소."

"하지만 500년 전의 여인이 작금의 사태와 무슨 관계가 있단 말씀입니까?"

"나는 그 여식을 처음 보던 날을 기억하오. 눈에서 피눈물을 흘리며 부를 대로 부른 배를 움켜쥐고 있었지. 비록 말은 없었지만 하늘과 땅에 대고 맹세하는 악독한 저주가 그녀의 눈빛 속에서 흘러나오고 있었소.

어찌 생각해 보면 당연한 일이었을지도 모르오. 가문이 멸문하고 500년의 찬란한 역사를 이어온 왕가와 나라가 하룻밤에 무너져 내렸으니 말이오. 그녀는 아버지가 눈앞에서 참살당하는 것과 식솔들이 주륙당하는 것을 눈앞에서 봐야만 했을 것이오. 그리고 그 한이 살아남은 그녀의 모든 것을 검게 물들였지."

좌중은 더 이상 질문하지 않고 비로봉의 늙은 신령의 한탄에 귀를 기울였다. 늙은 신령은 누가 듣건 말건 상관없다는 태도로 이야기를 풀어나갔고, 모든 영령은 한마음으로 그것을 듣고 있었다.

"그 여식은 요왕의 보호 아래에서, 무해곡의 가장 깊은 중지에서 아이를 낳았소. 무해곡의 마법 같은 힘과 왕씨 가문의 혈통에 흐르는 강대한 주술을 양손에 쥐고 태어난 아이였지. 왕후 장손의 기세가 태어나는 그 순간부터 분명하게 느껴지던 대단한 인간 아이였소. 당시의 모든 신령과 터주신들, 심지어 이매망량들과 마귀들까지 요왕의 초청하에 돌잔치에 참가했었는데, 그곳에서 돌도 되지 않은 아이가 눈빛만으로 그 자리의 덜 여문 영령들을 제압하는 것을 모두가 똑똑히 보았을 정도요. 인간의 몸을 타고난 마지막 용의 후손이었을 그 아이는 잘 성장한다면 가히 천년왕국을 세울 위인이 되었을 테지만, 또 그릇된 방법으로 큰다면 세상을 피바다로 물들일 천살성의 기세를 타고난 아이였다고 봐도 좋을 것이오."

비로봉의 늙은 신령은 말을 끊고 기세를 가다듬었다. 그 다음 말을 이어가는 그의 눈빛은 마치 벼락이 폭사하는 것만 같은 광망함을 머금고 있었다.

"그리고 그 아이는 어머니로부터 그 지독한 한과 복수의 의지를 모두 물려받았지. 그 아이야말로 개경 왕 씨의 마지막 후손이자, 무해곡의 모든 잊힌 주술을 통달한 광인이요. 그리고 지금 금강산을 향해 오고 있는 저 인간의 군세는 바로 그 아이로부터 비롯된 것이오."

비로봉주는 준엄하게 외쳤다.

"일족과 왕국의 복수를 위해 이 땅의 모든 정기를 끊어내어 바르고 귀한 모든 것을 참하겠다는 의지를 500년 동안 다져온 인면마귀가 지금 오고 있소. 복수를 위해, 인간의 위세를 위해, 이 땅의 참 힘, 정기 그 자체를 끊어내기 위해서 말이오!"

햇빛 가득한 공터에는 적막한 침묵이 맴돌았다. 비로봉의 신령이 드러낸 이 무시무시한 사실은 저 유쾌하고 부드러운 풍백들로부터도 미소를 앗아내는 데 성공했다. 영령들 사이에서도 전설로만 전해져 오는 무해곡의 주술과 용들의 힘을 모두 지닌 인간이 마음에 한을 품고 땅의 맥을 끊어내기 위해서 오고 있는 것이었다. 영령이란 여러 가지 힘이 얽혀 있는 존재이긴 하지만, 어디가 되었든 터와 이어지지 않으면 존재할 수 없는 법. 결국 땅의 맥을 끊는 살굿이란 영령의 숨통을 끊어놓는 사형선고와도 다를 바가 없었다. 그 살벌하고 분명한 사실이 모든 영령의 입에 두려움과 분노라는 무거운 자물쇠를 달아놓은 것만 같았다. 그 순간, 분지의 가장 어두운 그늘에서 강대하고 삿된 기운이 마침내 그 몸을 일으켰다. 그것은 미동조차 하지 않은 채 끊임없이 굼실거리며 공포에 질려 있는 뭇 영령들의 기세를 잠식했다. 어둠이 뻥 뚫려 있는 것만 같은 그 자리에서 유부의 망령들과 같은 음산한 속삭임이 흘러나왔다.

"인간을 상대하는 방법이라니. 고민조차 필요 없이 간단

한 일 아닌가요?"

 비로봉주는 눈치채기 어려울 정도로 눈썹을 살짝 찌푸렸다. 늙고 노회한 그로서도 견디기 어려운 음산한 기운이 저 목소리에는 서려 있었다. 비로봉주는 정중하게 어둠의 방향으로 말했다.

 "본인이 불민하여 말씀하신 영령의 존함을 미처 듣지 못했소. 어느 땅의 고인이시오?"

 어둠 속의 존재는 비웃듯 손사래를 쳐 비로봉주의 질문에 실린 역도를 해소해버렸다.

 "제가 누군지는 중요하지 않아요. 중요한 것은 인간을 상대할 방법뿐이지요. 아홉 봉우리의 성스러운 신령분들께선 불살이나 공존 따위의 너절한 가치들을 분명 준비하셨겠지요? 하지만 본녀는 동의하지 않아요. 저 무도한 인간 나부랭이들을 주륙하는 것만이 유일한 해결책이에요."

그 말에 비로봉주는 어둠 속의 괴영령이 누구인지 그 정체를 짐작할 수 있었다.

"당신은 살수의 주인이로군! 용도 못돼, 신령도 못돼, 결국 이무기에 불과한 희대의 마귀가 이 자리에는 어쩐 일로 왔단 말인가!"

좌중이 웅성이는 가운데, 어둠 속에서 호리호리한 형체의 영령이 그 형체를 드러냈다. 강맹한 눈매에서는 번쩍이는 빛이 넘실거렸고, 구름과도 같이 경쾌한 몸 놀림은 날개라도 단 것 같았다. 기회가 있을 때 인간을 모두 죽여야 한다는 잔인무도한 주장을 펼치다가 불함산의 위대한 주인에게 일패도지하여 역사의 그림자 속에 숨어버렸던 잔혹한 이무기가 살기등등한 미소를 띤 채로 말했다.

"그래요. 제가 바로 살수의 주인이에요. 인간들의 피로 물들여진 역천의 강의 주인이자, 영영 승천의 기회를 잃은 불운한 영령이지요."

살수의 주인은 그 미끈한 몸을 움직여 공터의 중앙을 차지하곤 온 산을 울리는 날카로운 목소리로 외쳤다.

"모두들 들어 보세요. 인간을 상대하는 방법은 하나뿐이에요. 그들을 죽이거나, 아니면 같이 파멸을 맞이하거나! 저는 이미 오래 전에 터이자 본류인 살수를 인간들의 손에 잃었어요. 어디 저 혼자뿐이겠어요? 삼천강이 인간의 오물로 썩어 하백이 질식사한 것이 5년 전이고, 남해 망운산이 인간 무덤으로 가득 차 산주가 도망친 것이 고작 작년이에요! 인간들과 함께 산다는 것은 불가능한 일이라는 걸 모두 인정하셔야 해요!"

어두운 침묵이 너른 공터를 휘감는 가운데, 살수의 주인은 잠시 반응을 기다렸다가 말했다. 마치 철이 맷돌에 갈리는 것만 같은 말을 짓씹듯 뱉었다.

"책임을 질 자가 아무도 없다면 제가 처리하겠어요. 모두 겁에 질려 계신 것 같은데, 인간의 군세 따위는 용이 아닌 이무기의 권능으로도 충분히 참살할 수 있어요. 제 손에 묻은 피를 여러 영령들이 기억해 주실 거라 믿어요."

좌중에는 질식할 것 같은 침묵이 흘렀다. 백두대간의 준엄한 봉우리들도, 팔도의 영험한 물줄기들도, 어느 하나 책임을 지고 인간을 처치하려고 들지는 않았다. 영령은 영험하고 선한 것. 살생을 업보 삼으면서 그 기운이 고르고 곧기를 바랄 수는 없었다. 누구도 피를 묻히고 싶은 마음이 없는 것은 당연지사, 대신 살생을 저질러 준다는 살수의 강대한 이무기가 되려 반가운 자들도 분명 있었을 것이다. 하지만 누구도 선뜻 나서지 못하던 그때, 묵직한 저음의 목소리가 침묵을 갈라내었다.

"나는 동의하지 않소."

살수의 주인은 여의주 마냥 반짝이는 눈매로 물었다.

"어느 분이시죠? 어디 그런 말씀을 하실 자격이 되시는지 얼굴이나 뵙고 싶네요."

한 영령이 그늘 속에서 걸어 나왔다. 드넓은 어깨가 만주의 벌판 같고, 이마는 논두렁 같으니, 황소 중의 왕이라는 홍천 벌판의 외뿔황소조차도 이 영령에 비하면 아무것도 아닐 지경이었다. 저벅저벅 땅을 울리는 발자국 소리가 마치 투우의 투레질같이 기세를 돋우며 공터의 중앙을 향했다. 살수의 주인은 영묘한 눈빛을 빛내며 물었다.

"존함이?"

대답은 짧았다.

"양우."

짧은 탄성이 젊은 영령들 사이에서 돌풍처럼 내뿜어졌다.

"대청봉주!"

양우는 날파리를 쫓듯 넓은 콧구멍으로 짧은 숨을 내뿜고 말했다.

"내가 바로 대청봉주요."

살수의 주인은 용과 같은 비범한 신태를 꼬아 방어적인 자세를 취했다. 백두대간의 가장 높은 아홉 개의 봉우리의 주인 중 가장 젊고 강맹하다는 대청봉주가 바로 양우였다. 제아무리 살기등등한 살수의 주인이라도 대청봉의 주인 앞에서는 약간은 수세를 취할 수밖에 없는 터, 살수의 주인은 약간은 누그러진(조금은 억눌린 듯한) 목소리로 말했다.

"대청봉주가 이름 없는 한 쌍의 장법만을 가지고 내설악 일대에서만큼은 비견되기 어려운 고매한 경지에 올랐음을 일찌감치 들은 적이 있어요. 하지만 그 명성만으로 뭔가를 할 수 있는 건 아니지요. 인간들을 참살하는 것에 동의하지 않으신다면 대안이 있으신가요? 설마 아무 생각 없이 황소처럼 우직하게만 이 자리에 나서신 것은 아니시겠지요?"

하지만 태백산맥의 아홉 봉우리의 주인으로 손꼽힌다는 것은 그 일신에 쌓아온 업과 내공이 천하에서 열 손가락 안에 꼽힌다는 것. 양우는 어설픈 격장지계에 휩쓸리는 대신 오른손과 왼손을 굳게 내뻗었다. 마치 황소의 굳센 두 뿔처럼 느릿하게 뻗어 나가던 양우의 두 팔은 마지막 순간 소가 고개를 젓듯 움직여 각도를 이루었다. 왼손바닥은 하늘을, 그리고 오른손바닥은 땅을 가리키는 기묘한 자세를 갖추며, 양우는 살수의 아름다운 주인을 향해 손가락을 까딱거렸다. 그리곤 말했다.

"본인은 대안 같은 것은 가지고 있지 않소. 하지만 부덕하고 배덕한 계획을 내뱉은 이무기의 추태를 막을 힘은 있지. 용도 못 된 자가 참살이니 주살이니 버르장머리 없는 소리를 하는군."

양우의 그 눈빛만큼이나 묵직한 도발에 살수의 주인은 용처럼 신묘하게, 그리고 뱀처럼 기괴하게 머리부터 뛰어들었다. 용도 뱀도 아니라는 것은 용과 뱀의 장점을 모두

품었다는 것. 왼손의 시퍼렇게 날이 선 독니 같은 단검이 기이한 곡선을 그리며 양우의 목을 향해 날아들었고, 오른손의 검게 물든 여의주가 천변만화하는 조화를 그려내며 양우를 몰아치기 시작했다. 그에 대항하여 황소 같은 대청봉주가 쏟아낸 것은 오른손바닥과 왼손바닥이 마주치며 생겨난 벼락같은 기운의 일격이었다. 이무기와 황소 사이에 천지가 진동하는 무시무시한 싸움이 시작되었다.

•

  두 강대한 영령의 격전이 끝난 뒤에는 공터가 폐허가 되어버린 지라 잠시 쉬어 갈 시간이 필요했다. 늙은 비로봉주는 1일 차의 집회를 여기서 잠시 마칠 것을 제안했고, 대부분의 영령이 기꺼이 이를 받아들였다. 모든 영령이 각자 쉴 곳을 찾아 금강산의 어딘가로 흩어지는 것을 지켜본 뒤, 비로봉주는 지친 심신을 가다듬기 위해 자신의 모옥으로 발걸음을 향했다. 그리고 그곳에 앉아 어둠이 올 때까지 깊은 생각에 잠겼다. 비로봉주의 오래된 마음속에는 인간에 대한 생각만이 가득했다.

'인간. 인간. 인간.'

다투고 싸우면서도 온갖 아름답고 신묘한 것을 창조해내는 인간. 서로 죽이고 속이고 빼앗고 파괴하면서도, 또 면면부절한 사랑과 끝을 알 수 없는 정을 틔워내는 이들. 인간의 생은 고통이지만, 영령은 생의 존재가 아니기에 그들의 고통도, 삶도 온전하게 이해할 수가 없었다. 그래서 그는 결단을 내릴 수도, 해결책을 찾을 수도 없었다. 아리따운 살수의 주인처럼 그들을 모두 죽이자고 얘기할 증오가 늙은 비로봉의 주인에겐 없었고, 그렇다고 저 강맹한 대청봉의 젊은 주인처럼 인간들을 살리기 위해 동료 영령들에게 폭력을 휘두를 무도함도 이 늙은 영령에겐 이미 사라진 지 오래였다. 옳다고 믿는 것을 관철하기 위해 목소리를 내는 것 역시 젊은 패기의 특권일 바, 그는 이미 늙어도 너무 늙어 있었다. 하지만 그때, 모옥 밖에서 소리가 들려왔다.

"스승님. 혹시 주무십니까."

비로봉주는 문을 열어 단정한 자세로 공손히 시립하고 있는 그의 대제자를 맞이했다.

"자고 있지 않았다. 이 시간에 네가 어쩐 일이냐."

생긴 바 모습 때문에 세간에는 냉철하고 잔인한 영령으로 알려져 있지만, 그의 대제자는 대체로 따뜻하고 사려 깊은 마음씨를 지닌 귀한 영령이었다. 이 시간에 마음이 불편한 스승을 찾아왔다면 분명 중요한 할 말이 있거나 무언가 기묘한 해결책을 가져왔을 터. 아무리 마음이 심란하다고 한들 선뜻 문전박대를 할 수는 없었다. 비로봉주의 대제자이자 커다란 독사를 닮은 영령, 자의는 크고 붉은 혀를 머쓱하니 날름거리면서 말했다.

"오늘 집회와 관련해서 드릴 말씀이 있어서 왔습니다. 제자가 생각한 바와 깨달은 바가 있어서 말입니다."

"말해 보거라."

 하지만 뱀 같은 영령이 조심스레 말을 꺼내기 직전, 멀리서부터 하얀 폭풍 같은 기운이 통통 모옥을 향해 뛰어오기 시작했다. 조용하게 밤이 내린 모옥 근처가 뛰어오는 작은 존재의 목소리에 시끄럽게 작열하는 것만 같은 느낌이 들고 있었다.

"스승님!"

 비로봉주는 머리가 약간 아파져 오는 것을 느꼈다. 늘그막에 얻은 막내 제자는 빼어난 재능과 온순한 자질을 갖추었지만, 아직 어려 지나치게 쾌활하고 발랄했다. 평소였다면 그 마저도 미소를 띄게 하는 멋진 일이었겠지만, 오늘같이 마음에 먹구름이 가득한 날에는 감당하기 조금 어려운 일이기도 했다. 흰 돌풍처럼 달려온 비로봉주의 막내 제자, 고의는 마지막까지 속력을 내다가 모옥 앞에 끼이익 하고 미끄러지듯 멈췄다. 그리곤 어린양처럼 눈이 땡그래져서 말했다.

"아니 사형도 여기 계셨네요? 스승님도 나와 계시고?"

영 못마땅한 실눈으로 막내 제자를 쳐다보던 대제자, 자의는 불편한 기색을 담아 말했다.

"그래. 중요하게 아뢸 말씀이 있어서 온 차였다. 너가 체통 산통 다 깨는 정신없는 뜀박질로 말을 끊어 먹었지만 말이지."
"오 그래요? 저도 사부님께 기가 막힌 말씀을 드리려고 왔는데!"

늙은 비로봉주는 짐짓 헛기침을 하여 정신없는 제자들의 이목을 끌어 보였다. 그의 제자들은 영민하면서도 서로 간의 우애가 돈독했지만, 지나친 우애는 때로 스승의 앞에서 나누는 너무 긴 사담으로 이어지기도 했다. 비로봉주는 한시바삐 두 준재가 떠올릴 해결책을 듣고 싶었고, 그래서 본래라면 하지 않았을 재촉을 건네고 말았다.

"그래, 둘 다 오늘 집회에 대한 생각을 들고 온 모양이구나. 첫째가 먼저 왔으니 첫째 얘기를 먼저 들어 보도록 하자꾸나."

그 말에 뱀 같은 영령은 그 호리호리한 몸을 곧추세워 예를 갖추었다. 그리곤 청산유수로 말하기 시작했다.

"오늘 일은 따지고 보면 영령들이 모두 모여 집회까지 열 일은 아니었다고 제자는 생각합니다. 문제의 본질이 인간과 영령의 다툼이 아니니까요. 인간들이 커다란 살굿을 여는 이유가 우리 영령들을 죽이려고 하는 것이 아니라, 이 땅에 서 있는 왕조를 몰락시키려고 맥을 끊는 것이 아니겠습니까? 늘상 있는 인간끼리의 다툼과 분쟁인 셈이지요."

이 말에 하얀 양 같은 막내 제자는 뭐라고 반발하려고 했지만, 자의는 그것을 허락하지 않았다. 한 손을 들어 말을 방해하지 말란 신호를 보낸 뒤, 대제자는 말을 이어 나갔다.

"다만 문제는, 인간들이 그들만의 법도로 잘 살아가는 과정에서 우리 영령들에게 피해를 끼친다는 점일 것입니다. 그래서 일부 영령들, 이를테면 살수의 저 매혹적인 여주인과 같은 영령들이 인간들에 대한 과격한 태도를 품게 된 것이겠지요. 하지만 그렇다고 해서 그 아름다운 이무기가 주장하는 것처럼 인간들을 모두 죽이려 든다면 오래전 그랬듯 땅과 바다가 서로가 흘린 피로 가득해지는 끝없는 복수극이 반복될 겁니다. 제자는 그런 과격한 방법에 동의하지는 않습니다."

늙은 비로봉주는 대제자의 눈빛 속에 깃든 선하고 참한 기운을 마주 보았다. 그의 대제자는 오해받는 그 생김새와는 달리 대체로 온건하고 자애로운 성향이었다. 가끔가다가 크게 엇나가 천진난만한 광인 같은 행동을 하기는 할지언정, 온유하고 지혜로운 생각을 품는 대제자이기에 비로봉주는 신뢰를 갖고 물었다.

"그렇다면 어떤 해결책을 가져왔는가?"

대제자는 대답했다.

"저는 이 모든 문제가 인간의 이해가 부족해서라고 생각합니다. 서로를 이해하는 것이 부족하여 살인과 복수를 저지르고, 땅과 하늘에 대한 이해가 부족하여 살굿을 벌이는 것입니다. 조금만 더 이해하고 조금만 더 서로 사랑한다면 하늘 아래 그 무엇보다도 아름다운 조화를 이룰 그들이 이토록 무지몽매하여 고통만을 끼친다는 것이 사무치도록 안타깝습니다."

그러자 옆에서 하얀 양 같은 막내 제자가 끼어들었다.

"아 그래서 사형, 해결책이 뭐냐구요! 스승님도 궁금해하시고 저도 궁금해하잖아요! 사형이 인간들 좋아하고 사랑하는 건 하늘이 알고 땅이 알지만 빨리! 어떻게 할 건지요!"

비로봉주는 허허 웃으며 '고놈 참. 사형 말하는데 방해하지 말거라. 하지만 어서 빨리 말해 보게.' 하고 보챘고, 대제자 자의는 잠시 뜸을 들이다가 말했다.

"해서, 저는 인간들이 서로를 이해할 수 있게, 더 나아가 이 땅을 이해하여 저희 영령들을 이해할 수 있게 도와주고 싶습니다. 이를 위해 무해곡의 폐허에서 제가 가져온 비방을 사용함을 스승님께 허락받고 싶어 이 자리에 왔습니다."

자의의 뱀 같은 눈은 미치도록 반짝거리기 시작했다. 그의 생각이 보통의 영령들은 하지 못하는 위험하고 기괴한 영역에 미칠 때 보이는 광기 같은 눈빛이었다. 반짝거리는 실눈에 즐거운 미소를 띠며 자의는 말했다.

"무해곡의 비전, 천년혈서에는 모든 것을 하나로 만드는 특이한 비방이 적혀 있습니다. 벼락 맞은 대추나무로 만든 한 개의 궤, 혹은 뒤주나 항아리에 천 개의 약초와 오행금진을 펼쳐서 존재의 근원을 탐닉하는 비법입니다. 그 안에서 1,000일을 머무르면 여러 지혜가 하나로 합쳐지고, 타인과 나의 경계가 허물어지며, 만류가 하나로 귀원하여 의미를 갖게 된다고 합니다. 37인의 동남동녀를 그 안에 두어 1,000일 동안 가둔 뒤, 그들의 꼬리가 하나가 되어…."

양과 같은 순한 눈매로, 막내 제자 고의는 소리를 빽 질렀다.

"형님!"

뱀눈의 영령은 방해를 받아서 언짢은 표정으로 이 소란스러운 부름에 답했다.

"왜 그러느냐 아우야."
"지금 그게 무슨 망발된 말씀이세요! 뒤주에 동남동녀를 가두어 하나로 만든다니요! 이건 역천의 술법 아닙니까! 천년고잖아요!"

하지만 뱀눈의 영령은 멀뚱하니 막내를 쳐다보다가 말했다.

"그럴 리가 있느냐? 천년고는 살을 날리는 목적의 흉악한 주술이고, 이것은 사람을 살리는 활법의 일종이다 아우야. 항아리의 수많은 독충 중 한 마리만 남기는 천년고와는 애시당초 다른 것이지."
"하지만 그래서야 사람으로 만든 고와 다를 게 뭐가 있겠어요! 형님! 그건 안 돼요! 해 봤자 염매 같은 악령이 나올 거라고요."

하지만 뱀과 같은 영령은 밝고 쾌활하게 말했다.

"그건 걱정하지 말거라. 이 형님이 다 면밀히 살폈으니 잘못될 일이 없단다. 이건 사악한 술법이 아니야. 뒤주에서 나오는 자는 사람이되, 사람의 모든 것을 이해할 영원불멸의 초인일 것이야. 그 초인이 인간 모두를 바른 이해의 길로 이끌 것을 이 형님은 확신한다."

"사부님! 이건 미친 소리예요! 한말씀 해주세요! 제발요!"

늙은 비로봉주는 장제자의 말에 부분적으로 동의하는 자신을 발견하고 흠칫 놀랐다. 이것은 사람과 사람 사이의 문제, 이해가 부족하여 생긴 끔찍하고 잔인무도한 일이었다. 모두를 온전한 이해로 이끌 수 있는 초인이 있다면 어쩌면 세상의 모든 잔인함은 그 꼬리를 감출지도 모른다. 하지만 그와 동시에 늙은 비로봉주는 이것이 온전한 해결책은 아닌 것 같은 기분을 느꼈다. 그것은 큰제자가 제시한 방법의 기궤하고 극악한 집행 방식의 문제 때문도 아니었고, 그 실효성에 관한 의문 역시 아니었다. 그래서 비로봉주는 조금 더 들어 보기로 했다.

"하면, 막내는 어떻게 생각했는고?"
"예?"
"아우야, 스승님께서 형님한테 떼쓰지 말고 네가 가진 대안을 한번 말해 보라고 하고 계시지 않느냐."

긴 혀를 쯧쯧 차는 자의를 흘겨보며, 고의는 순한 태도로 스승님께 답했다.

"저는 모임에 온 수많은 영령과 대화를 해 보며 이 일의 해결책을 찾았어요.

인간은 본래 탐욕스럽고 시기와 질투가 많아 서로를 해하는 존재예요. 이곳으로 지금 오고 있는 무시무시한 살굿의 행렬 역시 따지고 보면 왕가와 그들이 통치하는 땅에 대한 탐욕에서 비롯된 일이죠. 세속에 대한 집착이 없는 저희 영령과는 완전히 다른 셈이에요. 그리고 그 점을 이용하면 그들을 쉽게 무너트릴 수 있을 것 같았어요."

"호오, 어떻게 무너트린단 말이냐?"

"집회에서 친해진 한 작은 천의 하백은, 아! 옥류천이 이름이었던 것 같아요! 어쨌든 그 하백은 자신의 물길 속에 왕가의 보물들을 모두 감춰 놓은 비밀의 방을 몇 개나 가지고 있더라고요. 그 안에는 인간이라면 왕국을 가져다 바치어서라도 가지고 싶어 할 만한 어마 무시한 물건들이 많았어요. 태양의 기운을 가득 담은 옥새나, 월면의 군사를 모두 부릴 수 있는 청동패 같은 것이 있는가 하면, 써도 써도 줄어들지 않는 상평통보, 칠주야마다 일곱 마리가 늘어나는 금거북이 같은 것도 있더라고요. 그뿐만이 아니에요. 서해 굴업도의 삼선녀 바위 할머니들께서는 인간이라면 누구나 꿈꿔 마지않는 기묘한 장치들을 만드실 줄 아시더라고요. 그림으로 담아내면 그 대상을 소유할 수 있게 해주는 마법 유리 상자나, 글을 쓰면 소원이 이루어지는 별철 붓을 세 분 할머니께서는 고운 손으로 만들어 내실 줄 알았어요. 그 뿐만이 아니라 세상에는 그처럼 인간들이 탐낼 만한 신묘한 물건들을 만들 줄 아는 영령들이 아주 많대요. 별철로 만든 물건들에는 마법과 주술이 깃들어요. 인간들은 꿈도 못 꿀 엄청난 일이죠!"

양과 같은 영령은 숨을 한 번 길게 들이쉬고 말했다.

"저는 이 물건들을 세상에 내놓는 것만으로 인간들을 더 이상 신경 쓸 필요가 없어진다고 생각해요. 인간들은 이 물건들을 갖기 위해 서로 경쟁하고 상잔할 거예요. 영령들이나 땅의 기운을 해하는 것은 더 이상 신경도 못 쓸 만큼 바빠지겠죠. 그 탐욕이 커지고 강렬해져서 인간의 모든 것을 알아서 무너트릴 테니, 저희 영령들에겐 평화가 찾아올 거라고 생각해요."

이번에는 뱀이 양에게 대성일갈을 할 차례였다. 뱀을 닮은 영령은 얼굴이 하얗게 질린 채로 외쳤다.

"아우야! 그게 무슨 끔찍한 말이니! 인간의 탐욕을 부추겨야 한다니! 그들이 물건과 욕망과 소비에 매몰되어 자멸의 길을 걷는 것을 부추기자는 말이냐! 그 어여쁜 이무기 처자보다도 더 끔찍한 소리를 하는구나 너는! 그랬다간 인간들이 다 죽어버리고 말 거야!"

하지만 이번엔 양이 뻔뻔한 표정으로 반색했다.

"아니죠 형님. 인간이 형님께서 믿으시는 것처럼 정녕 선하고 바른 존재라면, 그런 물건들의 유혹 따위엔 굴하지 않을 거예요. 유혹을 허허롭게 넘겨버리고, 찬란하게 자신의 삶을 살아가겠죠. 그런 인간들이라면 영령들과도, 이 너른 대지와 하늘 사이에서도 제자리를 찾아서 살아갈 수 있을 거라고 저는 확신해요. 하지만 그게 아니라 물건들에 얽매여 서로 싸우다 죽어간다면, 역시 인간은 그것밖에 안 되는 존재인 거예요. 우리가 신경 쓸 필요도 없는 거죠."

비로봉주는 이번에는 막내 제자의 말에 일리가 있다고 느꼈다. 인간의 모든 불합리성과 잔인함은 탐욕스러운 욕망에서 비롯되는 것 같았다.

그것을 선기를 담은 물건으로서 시험하는 것은 잔인하지만 합리적인 방법일 수 있었다. 욕망에 휘말리지 않는 인간이라면 영령들과도 공존할 수 있을 것이고, 휘말려 사라져 버리는 인간이라면 영령들이 굳이 신경 쓸 필요 없었다. 하지만 일리는 있을지언정 막내 제자의 잔인하면서도 효과적인 이 방법 역시 늙은 비로봉주의 마음에 큰 의미를 남기지는 못했다. 인간을 대하는 마음가짐과 태도가 어느 한

쪽으로 치우쳐서는 안 된다는 것이 비로봉주의 생각이었지만, 두 제자들의 방법은 모두 어딘가 알 수 없는 비탈로 기울어져 있는 것만 같았다. 비로봉주는 무엇이 잘못되었는지 명쾌하게 설명할 수는 없었지만, 이 두 해결책을 선뜻 고르기는 어려웠다. 비로봉주는 옥신각신하는 대제자와 막내 제자를 향해 짧은 한숨을 쉬고 말했다.

"두 해결책을 다 들었지만 고민이 끝나지는 않는구나. 우리 오랜만에 함께 걷지 않겠느냐. 함께 갈 곳이 있는 것 같구나."

뱀을 닮은 영령과 양을 닮은 영령은 늙은 스승에 대한 공경심으로 공손히 머리를 조아리며 물었다.

"예. 스승님. 어디로 가시는지요? 제자가 모시겠습니다."
"오늘은 별이 밝구나. 별이 잘 보이는 무망애로 가자꾸나."

하지만 그 말 한마디에 숨은 속뜻을 알아차린 두 영민한 제자는 하얗게 질려 사시나무처럼 떨기 시작했다.

"무… 무망애 말씀인가요 사부님? 진짜로요? 거기로요?"
"그래. 뭐 켕기는 것이라도 있느냐."
"하지만 거기엔 그 미친 쌈닭 같은 것… 아니 사저가 있는 곳 아닌가요?"

매사에 진중하고 스승의 말이라면 토를 달지 않는 첫째 자의조차도 무망애에 머무르는 영령을 떠오르면 한기가 치미는지 온몸을 부르르 떨며 말했다.

"스승님, 둘째를 본 지 꽤 오래되기는 했사옵니다만, 이렇게 늦은 시간에 둘째를 만나러 가는 건 제자로선 걱정이 앞서긴 합니다."

하지만 비로봉주는 단호했다.

"아서라, 혓바닥이 긴 걸 보니 네 녀석들이 겁을 먹은 모양이구나. 둘째 성질머리가 보통이 아니긴 하지만 벌써 7년이나 무망애에서 수련을 한 터, 무언가 깨달은 바가 있을 것이다. 보아라, 저기 하늘에서도 계곡성이 오늘따라 밝게 빛나지 않느냐. 가면 분명 좋은 일이 있을 것이다."

  하지만 뱀 같은 첫째와 양 같은 막내의 눈에는 저 유려한 별의 반짝임마저도 쌈닭 같은 둘째 제자의 무시무시한 눈빛 같아 보이는 것이었다. 비록 지금은 얼굴 본지 꽤 세월이 지났지만, 함께 비로봉주의 밑에서 선학을 수련할 당시, 둘째 제자는 기세등등하게 세 제자 사이에서 최강자로서 군림했었다. 그 붉은 눈이 빛날 때 알아서 기지 않으면 쪼이거나 할큄 당하는 것은 당연지사, 두 가련한 영령들은 세상 모두 앞에서 당당할 수는 있을지언정 둘째 앞에서만큼은 고양이 앞의 쥐요, 호랑이 앞의 개일 뿐이었다. 덕분에 고의와 자의는 무망애로 스승을 따라 엉거주춤 올라가면서도 몇 년 만에 만나는 사매와의 만남에 대해 겁에 질려 있었다. 둘에게는 발걸음이 가까워질 때 마다 수년 전 쪼임 당하고 할큄 당했던 자국들이 괜스레 선명해지는 것만 같은 기분이 들 뿐이었다.

•

　무망애는 별빛으로 가득했다. 금강산 가장 깊은 곳에서 솟아난 작은 절벽 분지인 무망애는 주변에 저보다 높은 봉우리들이 즐비했다. 하지만 높기만 하여서는 우주의 빛을 머금을 수는 없는 바, 날카로운 주변의 봉우리들과는 달리 무망애는 평평했고 밤이 깊으면 달빛과 별빛을 거울처럼 머금고 뿌려 대었다. 깊은 산속에 홀로 떠 있는 별의 호수가 이런 모양일까, 어두운 산의 그림자도, 숲의 속삭임도 이곳 무망애에서 만큼은 그득한 별빛의 합창 속에서 침묵을 자랑할 수밖에 없었다. 비로봉의 늙은 신령과 두 제자는 무망애로 향하는 가파른 절벽 길을 사뿐사뿐 올랐다. 제아무리 깎아지는 듯한 절벽이라고 한들 백두대간에서도 이름 높은 비로봉 주인의 경신술 앞에선 뒷동산이나 다름없었고, 두 영민한 제자는 스승의 가르침을 누구보다도 잘 흡수한 터였다. 세 영령은 금세 별빛이 찬란한 무망애에 올라, 그 가운데를 향해서 총총 나아갔다. 무망애의 너른 분지 가운데에는 마치 해시계의 바늘처럼 뾰족한 바위 하나가 하늘을 향해 찔러가고 있었다. 무망애가 워낙 넓고 우주의 빛으로 가득한지라 크게 눈에 띄지는 않았지만, 그래도 이 분지 위에서 유일하게 이정표로 삼을 만한 곳이었다. 자세히 보면 그 바위 아래에서는 희고 붉은 형체 하나가 가부좌를 틀고 앉아 있는 걸 발견할 수 있었다. 타오르는 듯한 붉은 생머리. 부리처럼 높고 날카로운 코와 봉황처럼 길고 가느다란 목. 날개와도 같은 흰 섬섬옥수를 보다 보면 신화 속의 영험한 새가 현신한 것이라고 믿게 될 고운 영령이 몇 년 전부터 자리를 잡고 있는 곳이 무망애의 해시계 바늘 바위 아래였다. 하지만 벌써부터 몸이 사시나무처럼 떨려오는 비로봉의 두 제자, 자의와 고의는 알고 있었다. 저 앞에 고운 자태로 앉아 있는 것이 봉황도 아니요, 대붕도 아니라는 것을. 그리고 지금은 곱게 반개하고 있는 저 눈이 떠지면 쌈닭과도 같은 투기를 뿜어내며 좌중을 떨게 만들 것을 말이다. 앉은 자세로도 세상을 압도하는 듯한 이 여장부야말로 비로봉주의 둘째 제자이자, 세상 여느 영령보다도 강인하고 현명하다는 무의였다. 비로봉주는 해시계 바늘과도 같은 삼각바위에서 다섯 장쯤 멀리 떨어져 멈추어 섰고, 대제자인 자의는 대신 기척을 내었다.

"크흠, 흠, 사매, 정진 중에 미안한데, 스승님께서 오셨어."

그러자 삼각바위의 아래쪽 어둠 속에서 횃불처럼 밝게 빛나는 두 눈이 천천히 모양을 드러냈다. 주변의 별빛과 반딧불이 소란스레 휘도는 가운데에서도 그 붉은 안광은 그 무엇보다도 밝은 빛을 내뿜었다. 느린 호흡과 함께 붉은 눈이 말했다.

"그간 격조했습니다 스승님. 대공을 이루던 중이라 앞서 반겨 드리지 못한 점 사과드립니다."

비로봉주는 허허 웃으며 손을 내저었다.

"아니다 애야. 이렇게 불쑥 찾아와 방해하는 이 늙은 스승이 미안할 뿐이지."

"여기까지 오신 걸 보니 분명 심려를 끼치는 일이 있으신 모양이군요. 오늘 낮에 구룡폭포에서의 소란이 심상치 않던데 그와 관련이 있을 거라고 생각 중입니다."

첫째와 막내 제자는 이 말에 등줄기에 소름이 쫙 돋는 것을 느꼈다. 천지신통이 아니고서야 무망애에서 구룡폭포의 기척을 느낄 수는 없는 법. 아무래도 무의는 7년의 고련 동안에 대각의 깨달음을 얻었거나 최소한 그에 근접한 모양이었다. 그 증거로 평소 같았으면 주변을 질식시킬 듯 몰아쳤을 그녀의 투계 같은 투기도 지금은 별빛 사이로 녹아든 듯 표홀하고 허허롭기 그지없었다. 과거였다면 천지신통을 사형제들 괴롭히는 데에 적극 활용했을 무의는 허허롭고 자애로워 보였다. 무서웠던 손아래 사매의 변한 모습에 용기를 얻었는지 대제자인 자의는 한마디를 꺼내 거들었다.

"그래 사매. 우리는 현재 심각한 위기에 처해 있어. 인간들이 대지의 맥을 끊는 거대한 살굿을 준비해서 이곳 금강산으로 오고 있거든."

그러자 붉은 눈은 느리게 깜빡이며 그 시선을 자의에게로 향했다. 눈빛 속에서 느껴지는 무게와 압박감은 고매한 비로봉주의 대제자로서도 선뜻 감내하기가 어려운 것이었다. 마치 지렁이를 보는 닭의 눈빛 같아서 자의는 저도 모르게 또다시 몸을 부르르 떨고 말았다. 하지만 붉은 눈은 계속해서 압박을 가하는 대신 가늘게 반달처럼 휘어지며 반가움을 표했다.

"사형을 뵙는 것도 오랜만이군요. 그간 저 대신 스승님의 수발을 드시느라 고생이 많으셨습니다. 하지만 사형께도, 막내에게서도, 심지어 스승님에게서도 부담감과 압박감이 느껴지는군요. 이번 일이 중하기는 중한가 봅니다."

비로봉주는 짤막하게 현재의 상황과 두 제자가 앞서 내

놓은 해결책을 무의에게 들려주었고, 무의는 무덤덤한 붉은 눈빛으로 그 이야기를 모두 담아 들었다. 모든 이야기가 끝나고 달빛과도 같은 침묵이 잠시 흐르는 사이에, 무의는 가부좌를 튼 자세 그대로 다시 눈을 감았다.

   그리곤 붉은 눈이 말했다.

"세 분께서는 모두 증명하고 싶으신 것 같습니다."
"증명을? 무엇을 증명한단 말인가?"
"아무래도 자기 자신이겠지요."

   붉은 눈은 마치 우주를 바라보듯 멀리 심유한 시선을 보내었다. 세상과 싸울 것만 같던 치기 어린 과거와는 달리, 그녀는 자기 자신과 화해하고 세상을 이해한 것만 같았다. 그래서인지 그녀의 해결책은 첫째가 내어놓은 것과도, 막내가 내어놓은 것과도 결이 달랐다. 무의는 담담하게 말했다.

"영령들은 인간과는 달라서 헛된 탐욕이나 몰이해의 늪

에 빠지지는 않지요. 날 때부터 조화와 순리 속에서 풍요로웠던 우리가 겁난과 고통을 양분 삼아 자라는 인간과 공통된 바를 찾기란 쉬운 일은 아닐 겁니다. 하지만 그 닮은 점이자 유일한 취약점이 있다면, 그건 아마 자기 증명의 덫일 것입니다."

무의는 그 깊은 시선을 돌려 자의의 유려한 곡선을 바라보았다.

"우리 첫째 사형께서는 인간을 참으로 사랑하시지만, 그 사랑을 대의 삼아 스스로를 증명하고 싶으신 것 같습니다. 그러니 난해한 주술과 거창한 이해로 인간들을 구원하려드신 것이겠지요. 하지만 인간도 우리도 저마다 스스로의 구원자일 뿐, 다른 누구를 구원할 수는 없을 겁니다. 제아무리 초인을 앞세워 화목한 미래를 꿈꾸게 한다고 해도요."

무의는 이번에는 눈빛을 돌려 고의의 순한 눈매를 마주보았다.

"우리 막내는 인간을 시험해 봄으로써 자신을 입증하고 싶었던 것 같습니다. 자신이 올바른 길로 가는지 확신할 수 없기에, 남을 시험대에 올려보려 한 것이지요. 자기 증명의 늪 속에선 자신이 옳다는 확신이 있어야 존재가 의미를 갖기에, 결국 스스로를 증명하고 싶어 남을 시험에 들게 한 걸 겁니다."

무의는 마지막으로 고개를 돌려 늙고 구부정하지만, 깊은 현기와 자애로움을 갖춘 비로봉의 원숭이 같은 주인을 바라보았다. 그리곤 웃음으로 말했다.

"스승님께서는 이 모든 것에 대한 주재자를 해야 한다고 생각하시는 것 같습니다. 맡은 바 소임을 다하고, 책임을 다하려고 하시기에 중압감을 느끼시는 것 같군요. 그렇기에 누구보다도 해결책에 목매고 계시고요. 하지만 해결책을 찾는 것 자체가 모두 백해무익한 일입니다. 특히나 지금처럼 자신을 입증하기 위한 해결책이라면요."

누가 항변하거나 대답하기도 전, 무의는 붉은 눈을 하루의 마지막 석양처럼 빛내며 말했다.

"자신을 증명하는 것은 고된 일입니다. 세상에 자기를 선포하고, 삶 속에서 자신을 입증해야 하지요. 너무나도 많은 인간과 영령들이 그 덫에 빠져 살아갑니다. 남에게 자신이 어떻게 보일지를 고민하는 소인배들부터 시작해서, 남을 도우려 하거나 세상 다사다난한 문제들의 해결책을 찾으려는 현인들까지, 모두가 자기 증명의 미로에서 허우적대고 있습니다. 하지만 증명은 결단코 자기 자신에게만 이루어져야 하는 일입니다. 남에게 선포될 필요도, 크고 요란스럽게 외쳐질 필요도 없습니다. 그저 소박하게 스스로를 스스로에게 속삭이고 다독이며 살아갈 때, 자기 증명은 자연스럽게 이루어집니다."

무의는 잠시 머뭇거렸다. 그다음 말을 하는 것이 세 영령이 큰 도를 향해가는 것에 저해가 될지 도움이 될지 헤아리는 것만 같은 머뭇거림이었다. 하지만 결국 단호한 미소와 함께, 무의는 말을 건네었다.

"결국 우리 영령도, 인간도 자기 증명을 할 필요가 없습니다. 원한을 갚을 필요도 없고, 우리가 여기에 있다고 목소리를 높여 소리칠 필요도 없는 셈이지요. 잘못된 것은 잘못된 대로 가다가 저마다의 종말을 맞을 것이고, 옳은 것은 옳은 것대로 그 의미를 자연스레 영속할 겁니다. 인간도 마찬가지고, 영령도 마찬가지입니다. 증명하고자 하는 의지로 순리를 해치기보다는, 그저 자기 자신의 마음속 작은 거울을 닦고 비추며 매일을 살아간다면 어쩌면 이 어두운 밤에도 별들 사이를 향하는 길을 찾을 수 있을지도 모르겠습니다."

무의는 다시 눈을 감았다. 하지만 그녀의 말은 늙은 원숭이의 마음에 짙은 울림을 남겼다. 어딘가 석연찮았던 첫째의 무리한 제안도, 어딘가 거부감이 들었던 막내의 유쾌한 제안도 일리는 있었지만 마음에 와닿지는 않았었다. 하지만 현명한 둘째 제자의 말은 비로봉주의 마음속에 있던 스스로의 허물과 가야 할 길을 비추어주는 것 같았다. 이 어두운 밤에도 보이는 별들 사이의 길이라. 그건 아마도 자연스럽고 황홀한, 진정한 의미의 해결책일 것이다.

  늙은 원숭이는 문득 크게 기뻐 별들을 보며 캑캑거리고 웃었다. 아직 채 깨닫지 못한 두 뱀과 양 같은 제자들은 놀라서 똥그래진 눈으로 스승을 바라보았지만, 그들의 현명한 스승은 이제 알고 있었다. 인간을 어떻게 대해야 할지, 그리고 자신과 서로를 어떻게 대해야만 하는 것인지 말이다. 그리고 그 깨달음이야말로 무망애를 가득하니 채우는, 저 별빛처럼 아름다운 것이었다. 늙은 원숭이의 웃음소리가 별빛으로 가득 찬 무망애를 퍼져나가며, 투기를 잃은 싸움닭의 붉은 눈빛에도 미소가 번졌다. 자애롭고 현명한 둘째 제자는 믿었다. 그의 스승이라면 분명 번뇌를 딛고 인간을 대하는 가장 올바른 방법을 찾을 수 있을 것임을, 그리고 그것이 자격지심이나 자기 증명과는 거리가 먼 아름다운 방법일 것임을 말이다. 그리고 그 방법은 이 금강산을 메우는 아름다운 계절과 시간처럼, 자연스럽고 편안하게 세상을 채워 나갈 것이었다.

글쓴이의 말

 아주 어렸을 적, 나는 무서운 것이 참 많았다. 사람이 무섭고, 삐걱대는 계단이 무서우며, 어두운 밤과 사건 가득한 세상이 두려웠었다. 어찌나 겁쟁이 같았는지, 할머니께서 두려움을 이겨내는 마술과도 같은 비법을 알려주셔야만 했을 정도다.

 할머니께서는 말씀하셨다. 제아무리 두려운 일들도 이야기가 되면 더 이상 두렵지 않아진다고. 아무리 짙은 밤도 이야기에 깃들이면 따뜻하고 평온해진다고 말이다. 그리고 그 말은 마법처럼 사실이라 그 뒤로 나는 제아무리 짙은 어둠 속에서도 이야기가 갖는 평온을 좇을 수 있는 사람이 되었다. 그렇게 수많은 이야기를 쓰고, 이야기를 빚으며 내가 이야기가 되고, 이야기가 내가 될 수 있었다.

이 책은 그렇듯, 이루어진 나의 조각들이다.

이야기를 통해 두려움의 강을 건너고, 설렘의 평야를 걸어온 나의 단편이다.

불안과 두려움이 마음의 문을 쾅쾅 두드려대는 이 참혹한 세상 속에서, 이 이야기 속에서만큼은 작은 평온과 설렘의 실마리가 깃들기를 바라는 마음으로 이 작은 글을 내어본다.

2025.08.15

이원호